# 風少女

樋口有介



赤城下ろしが吹き荒れる二月のある日，父親危篤の報を受け，故郷の前橋駅に降り立った斎木亮は，駅舎を出たところで偶然，中学時代に好意を寄せていた川村麗子の妹・千里と出会う。そこで聞かされる，初恋の女性の死。中学卒業から六年，地元に帰っていた彼女の身に何が起こったのか？　麗子の死に方に納得のいかない亮と千里は，事件を調べはじめるが――。調査の過程で再会する，中学時代とは変わってしまった同級生の姿に困惑しながらも，亮は真相に辿り着く。風の街前橋を舞台に，若者たちの軌跡を活き活きと描き上げた青春ミステリの傑作。

# 風　少　女

樋口有介

創元推理文庫

# A WIND GIRL

by

Yusuke Higuchi

1990

# 風少女

# 1

風の音が聞こえないのは、高架になった新しい駅舎のせいだろう。

駅前から繁華街へ向かってのびる道の両側に沿って、葉の落ちきった欅《けやき》の街路樹が黒くつき抜ける。遠く赤城山《あかぎやま》の中腹付近からは民家の明かりがたよりなく届いている。繁華街から離れた前橋駅の周りはこの時間になると、自分の溜息《ためいき》が聞こえそうなほどに静かになる。

「斎木《さいき》さん、ですよね」

駅舎を出たところで、着替えだけが入ったバッグを担ぎなおしたぼくの前に、後ろから歩いてきた女の子が、ひょいと顔をつっ込んできた。高校生ぐらいの歳《とし》だが制服ではなく、コットンパンツに白いタートルネックのセーターを着て、上には革のハーフコートを羽織っている。

「やっぱりね。電車の中からずっとそうだと思ってたけど……覚えていません？　わたし、川《かわ》村《むら》です。川村麗子《れいこ》の妹の、川村千里《ちさと》です」

立ち止まって、「ああ」とか「やあ」とか、ぼくもそんな声を出したような気がする。女の子の尖《とが》った顎の輪郭《りんかく》や好奇心の強そうな目の表情に、ぼくも一瞬、胸騒ぎに似た懐かしさを感じたのだ。

「今、東京から帰ってきたんでしょう？　わたしも東京へ行ってきたの。すっごい偶然ですよね」

それほどすっ、、ごい、い偶然だとも思わなかったが、一応うなずいてから、なりゆきで、ぼくが訊いた。

「大学の受験か、なにかで」

「いえいえ、まだまだ……今度三年だもの。斎木さんのほうは春休みですか」

「いえいえ、まだまだ」

「大学は、ちゃんと入れたんでしょう」

「ちゃんと、入れた」

「よかったですよね。ふつうの人より、二年も遅れてるんだものね」

よくはわからなかったが、この子の人生には最後まで不幸は訪れないだろうと、一瞬の直感で、ぼくは確信した。妙に生意気な口のきき方とは逆に、悪意や皮肉はその細い躰《からだ》の外に、すぽんと置いてきている。

しかしそのこととは別に、ぼくと川村麗子の関係が現実として無関係だった以上に、ぼくと川村麗子の妹とはもっと無関係だ。川村麗子に妹がいたことを思い出したからって、妹の顔や名前まではわからない。その理屈は相手にしても同じはずで、ぼくが中学を出てからもう六年がたっている。

　コートのポケットに両手をつっ込んだまま、遠慮なくぼくの顔を覗き込んでいる川村千里の目に、少し困って、ぼくが訊いた。

「君、前に、会っていたかな」

　思いっきり見開いたその目に、駅舎からの蛍光灯を強く反射させて、川村千里が答えた。

「会ってますよ。覚えていません？　わたしが五年生のとき、斎木さんが一度家に来たことがあります」

「そういう意味じゃなくて……」

「斎木さんが姉に手紙を出したこともありました、ねえ？」

　ねえ？　と言われても返事のしようはないが、あのころぼくが川村麗子にのぼせていたことは事実だし、一種の病気で手紙《ラブレター》らしきものを出してしまったことも、歴史的には否定できない。

「あの手紙、君、読んだのか」

「まさか。麗子ちゃんに……あの、わたし、姉のことを麗子ちゃんて呼んでたの。いいですか」

　なぜぼくの同意が必要なのかは知らないが、川村千里に見つめられて、とりあえず、ぼくはうなずいた。

「それでね、あのころ、麗子ちゃんにはものすごくたくさん手紙が来てて、麗子ちゃん、そういうのをみんな読まないで捨ててたの。わたしにもぜったい触っちゃだめだって。そういう手紙にはばい菌がついてるからって」

川村千里がにやっと笑い、仕方なくぼくも笑い返した。怒ってみせるにはぼくのほうだけ、ほんの少し歳をとりすぎている。

「でもね……」と、目を笑わせたまま、川村千里が言った。「麗子ちゃん、斎木さんの手紙は読んでいた。麗子ちゃんにしちゃ珍しいことするなと思って、それでわたし、斎木さんのことを覚えていたの。だけど本当は、やっぱり怖かった。だって、ねえ、あのころ斎木さん、不良でものすごく有名だったもの」

思わず反論しかけたが、そこは精一杯の見栄で、ぼくはぐっと言葉を呑み込んだ。あのころぼくがつき合っていた連中が一般的に不良と呼ばれていたことは事実だし、ぼくが川村麗子に交際を申し込んだこと自体、たんに『不良としてはまあまあの快挙』にすぎなかったのだ。そしてたぶん、『不良』であるというぼくは、自分で思っていたよりは『ものすごく有名』だったのだろう。

「怒りました？」と、生意気そうに口を尖らせ、首をかしげて、川村千里が下からぼくの目を覗き込んだ。「でも本当はね、わたしたち、図書館で何度も会ってるんです。知りませんでした？　去年の春まで、斎木さんは市立図書館で勉強してたでしょう。わたしが学校の帰りに図書館へ寄ると、いつも斎木さんが一人で受験勉強してて、それでわたし、あれ、この人みんなが言う人とちがうなと思って、ずっと斎木さんのことを観察してたんです……知りませんでした?」

もちろん、そんなことを知るはずはないし、だいいち一年間もずっと観察されていたと知っていたら、ぼくだってもうちょっと、恰好をつけていた。

背中が汗ばんできて、バッグの位置をずらしてから、ぼくが訊いた。

「君も、今、前橋女学園か」

眉を上げ、唇を尖らせて、川村千里がこっくんとうなずいた。

「吹奏楽部でフルートなんか吹いてたら、笑えるな」

「わたしだって笑いますよ」と、尖らせたままの口で、川村千里が言った。「わたし、麗子ちゃんに憧れて、中学へ行ってすぐ吹奏楽部に入ったの。でも一年でやめちゃった。わたし、音楽の才能はまるでぱつだったの。それで気がついたらぱつだったのは音楽だけじゃなくて、それでわたし、麗子ちゃんの真似をするのはやめました」

自然に首だけはうなずいていたが、もちろんぼくは、それが正解であることを口に出さなかった。才能のことはどうだか知らないが、川村麗子のあのへんに冷たい印象よりも、千里という子の、なんだかよくわからないこの人なつっこさのほうが、少なくとも今のぼくには心地いい。

一年ぶんの敵《かたき》を討つつもりまではなかったが、コートのポケットに両手をつっ込んだままの川村千里の顔を、たっぷりと観察してから、ぼくが言った。

「君の姉さんにはもう五年以上会ってない。今、東京だろう」

川村千里が一瞬目を見開き、ふてくされたような歩き方で、つつっとバス停のほうへ歩きはじめた。その背中が『自分についてこい』と命令している感じだったので、バッグを担ぎなおして、ぼくはすぐ川村千里の横に追いついた。

「たぶん、そうだと思ってた」と、ふてくされたように歩きつづけたまま、ふてくされたような声で、川村千里が言った。「そんなこと、斎木さんが知るわけないですよね。やっぱり知らなかったんだ」

「そんなことって」

「言っていいのかな。言おうかどうかずっと考えてたんだけど、やっぱり、言っちゃおうかな」

足を止め、横からぼくの顔を見上げて、川村千里が一度、しゅっと鼻水をすすった。

「わたしをからかってないわよね」

「川村の妹をからかう勇気は、ない」

「知っててとぼけてるとか」

「そういう趣味もない」

「わかってる。ずっと観察してたから、斎木さんがそういう人じゃないことはわかってる。あのね……」

また鼻水をすすり、ぼくの顔をひと睨《にら》みしてから、頬《ほお》をふくらませて、川村千里がぷすっと息を吐き出した。

「あのね、麗子ちゃんね、ちょっと事故があって、もう死んじゃってるの。わたし自身まだ本当だって信じられないけど、麗子ちゃん、もういないの。一昨日《おととい》が初七日で、それでわたし、今日、母の代理で東京の親戚へ行ってきたの」

＊

最終のバスに乗るという川村千里をタクシー乗り場の手前で見送り、そこで客待ちをしていたタクシーに、ぼくは一人で乗り込んだ。千里の家が同じ方向にあることは知っていたが、このときだけはやはり、姉の麗子の影を感じながら千里と肩を並べていく気にはならなかった。比喩ではなく、現実に、ぼくの手はもう川村麗子に届かない。

バスに乗っても三十分とはかからないが、タクシーなら、十分で着く。朝夕のラッシュ時ならともかく、夜の十時半ともなればなおさらだ。

ぼくが家に着いたときには、区画された住宅街の道の片側に十台以上のクルマが停まり、街路灯の白い明かりにうっすらと青い影をつくっていた。他の家も寝静まっているわけではないが、聞こえるのは風の音だけで、ぼくの家からも人声ひとつ流れてはいなかった。

玄関を開けると、二年前から出戻っている姉貴が空気の中を泳ぐような恰好で、小走りに廊下へ攻め込んできた。ぼくから見てもそれほど見てくれの悪い女ではないが、この肩に力の入りすぎた感じがたぶん、相手方の家風に合わなかったのだろう。

じろりとぼくの顔を睨み、なにか言いかけた姉貴にバッグを渡して、黙ったまま、ぼくは居間へ入っていった。

居間にはみな知った顔の親戚が十人ばかり、二つ並べた座卓の周りに集まって、ひっそりと酒を飲んでいた。居間につづく台所のテーブルにも何人かのおばさんたちがいて、その中から疲れたような顔のお袋が、なにかの合図のようにうなずきながら、ぼくのほうへ歩いてきた。

「早かったじゃないか……」と、ふーっと長く息を吐き、口の端を歪《ゆが》めて、お袋が言った。

「早かったけど、ちょっと間に合わなかったねえ」

「何時《なんじ》だったの」

「八時十一分」

お袋が顎をしゃくり、ぼくとお袋は並んで居間を出て、廊下を挟んだお袋たちの寝室へ歩いていった。寝室では親父が、正月にぼくが帰ってきたときと同じように白いカバーのかかった布団の中で、じっと横になっていた。正月のときとちがうのは、今目の前にいる親父が息をしていないことだった。

親父の横にお袋と一緒に正座をして座り、一度手を合わせてから、ぼくが訊いた。

「通夜は明日?」

「そう。さっき葬儀屋が来て、みんな段取りをつけていった。葬式は明後日《あさって》。市の斎場で十時から。あんたの喪服も借りておいたよ」

「苦しまなかっただけ、いいとするさ」

「あんた、いつごろまでこっちにいられるの」

「試験が始まるまでは、いいさ」

「初七日までいておくれな。親戚の手前もあるしね」

「つぼみは？」

「自分の部屋へ入ったきり。例のこと、すねてるみたいなんだよ」

「伯父さんたち、ずっといるの」

「今夜は引きあげる。明日はそうもいかないだろうけど」

「みんな帰ったら、風呂に入りたいな」

ちらっとぼくの顔を見て、一つ溜息をついてから、お袋が訊いた。

「夕飯、食べたのかい」

「まだ」

「つくる暇がなかった。お鮨《すし》の残りでいいね」

うなずいて、立ち上がり、もう一度親父の顔を眺めてから、ぼくが廊下のほうに歩きかけた。

「今夜は居間で寝ておくれな」と、そのぼくに、お袋が言った。「あんたの部屋、物置に使わせてもらったから」

歩きながらうなずきなおし、お袋を寝室に残して、ぼくは階段を桜子《さくらこ》の部屋へ上がっていった。桜子は電気ストーブをつけただけの二階の部屋で、赤いジーンズに黄色いセーターで勉強机の前に腰かけていた。

「下のほうがあったかいぞ」と、ドアの前に立ったまま、ぼくが声をかけた。

桜子は一度ぼくに流し目をくれただけで、すぐに前を向き、自分の頬を両手で挟みながら壁のカレンダーに、じっと視線を貼りつけた。

「どうした? 『お帰りなさい』も言わないのかよ」

「だって……」

「だって、どうした?」

「だって、おにいちゃんだって知ってたくせに」

「例のことか」

頬杖《ほおづえ》をはずし、机の横まで歩いていったぼくの顔を、桜子が赤い目で睨み上げてきた。

「わたしだけみそっかすなんだもん。わたしだってもう高校生になるのにさ。どうしてわたしにだけ内緒だったのよ」

「つぼみを心配させたくなかったからさ」

「わたしにだって心配する権利ぐらい、あったもん」

桜子の目に涙が溜まり、その涙が左の頬だけを伝わって、すーっと机の上に落ちていった。

「お父さんが治らないってわかってたら、わたし、もっと一生懸命看病したのに」と、ぼくの腹のあたりに額を押しつけながら、桜子が言った。

「つぼみが一生懸命看病したら、自分の病気のこと、父さんにもわかってしまった」

「わかったっていいもん。わたし、もっとお父さんと一緒にいたかったもん」

「いろいろな考え方がある。患者本人に癌《がん》であることを知らせたほうがいいという意見と、知らせないで静かに死なせてやるべきだという意見と……どっちが正しいかは知らない。だけど母さんと姉さんは、父さんを静かに死なせてやることを選んだ。つぼみに教えないことは、おれも賛成だった」

桜子の目からまた涙が溢れだし、今度は両頬を伝わって、それがものすごい勢いでセーターの襟首に流れ込んだ。

ぼくはベッドの枕もとまで歩いて、ティシューの箱からペーパーを抜きとり、それを桜子の鼻の下に、ぺたんと押しつけた。

「高校生になるんなら、涙ぐらい自分で拭かなくちゃな」

「高校生じゃないもん。まだ中学生だもん」

「四月には高校生さ。前橋女学園に決めたのか」

涙を拭きながら桜子が首を縦にふり、その様子を見ながら、ぼくは桜子のベッドに腰を下ろした。

「試験、いつなんだ」

「三月の四日と五日」

「受かりそうか」

「おにいちゃんとちがうよ」

桜子が椅子を立ち、鼻水をかんだティシューを屑籠《くずかご》に投げてから、ぼくのとなりに腰を下ろした。

「おにいちゃん、いつまで家にいられるの」

「初七日まではいろって、母さんに言われた」

「大学やめて、前橋に帰ってくる？」

「そうもいかないさ」

「だって家の仕事、おにいちゃんがやるんでしょう」

「仕事は母さんと姉さんでやっていける。父さんだって姉さんが継いだほうが、喜ぶし」

実際去年の秋に親父が入院してからは、専務だったお袋が仕事の一切をとり仕切っている。それに二年前からは姉貴が水道工事業『斎木工業』の経理として、元の仕事におさまっているのだ。

「おにいちゃん、もしかしたらずっと東京で暮らして、もう前橋には帰ってこないつもり？」

「先のことは考えてない。大学だってあと三年もあるしな」

「わたしね。それならそれでいい。わたしだって高校を出たら、東京の大学へ入るもん」

「先の話さ。そういうことはみんなぜんぶ、ずっと先の話だ」

階段に足音がして、待つまでもなく、開けたドアから姉貴がひょいと部屋に顔をつっ込んだ。

「みんな帰ったよ。亮《りょう》ちゃん、早くお風呂に入って、夕食を食べてちょうだい。桜子もいつまでもいじいじしてないで、片づけぐらい手伝うの。明日はもっと忙しくなるんだから」

やって来たときと同じように、またひょいと顔をひっこめ、階段に恨みでもあるような足音で決然と姉貴が下へおりていった。

　ぼくと桜子は顔を見合わせ、二人同時に、くすっと吹き出した。

「おにいちゃん……」と立ち上がったぼくに、ベッドに腰かけたまま、桜子が言った。「前のお父さんが死んだとき、どんな気持ちだった？」

「覚えていない。まだ四つだった」

「やっぱり悲しかったんだろうね」

「たぶん、な」

「おにいちゃん」

「うん？」

「今度もそのときと同じぐらい悲しい？」

「どうして」

「だって、わたしとおにいちゃんで悲しさがちがうなんて、いやじゃない」

「悲しいさ。つぼみと同じぐらい、おれだって悲しい。男だから泣かないだけさ」

　ドアを開け、桜子のほうに一度うなずいてから、後ろ手にドアを閉めて、ぼくは意識的にゆっくりと階段を下りはじめた。『桜子、おれだっておまえと同じぐらい悲しいさ。男だから泣かないだけさ……』

　しかし、本当だろうか。

風呂に入って、ぼくが居間へ戻っていくと、片づけの済んだ座卓の周りにはお袋と姉貴と桜子が、コの字形に座ってそれぞれぼんやりとテレビを眺めていた。お袋と姉貴の手元には水割りのグラスが置かれ、前は親父の席だった場所には、ぼくのための鮨とビールの大瓶が用意されていた。

一瞬ためらったが、口には出さず、ぼくはその場所に座ってビールをコップに注ぎ入れた。

「なんて日だったんだろうねえ、まったく」と、テレビの画面に目をやったまま、お袋が言った。「これからの二日間、また思いやられるねえ。そう年中あることじゃないから、いいようなものの」

たしかにそう年中あることではないが、亭主の葬式を出すのはお袋にとって、二度めのことだ。

「お墓、やっぱり大泉霊園なの」と、水割りのグラスを口に運びながら、姉貴がお袋に訊いた。

「下小出《しもこいで》の伯父さんに訊いたら、大泉はもう空きがないそうだよ。赤城の麓《ふもと》になんとかって新しい霊園ができて、そこならあるだろうってさ。明日葬儀屋が来たら訊いてみようかねえ」

「できるまでにどれぐらいかかるのかしら」

「一週間や十日ってことはないだろうね。お墓だから、まあ、水道工事は必要ないだろうけど」

思わず、ぼくは笑いそうになったが、状況的にはやはり、笑っていい場面ではなさそうだった。

「さてと……」と、テレビから視線を戻して、お袋が面倒臭そうに、三人の顔を見くらべた。

「明日から当分ごたつくから、今のうちにこれからのことを相談しておこうかねえ」

グラスを一口なめ、落ち窪《くぼ》んだ目の上を指の腹でこすってから、お袋が言った。

「今のお墓のことだけど、一応分家だし、やっぱり新しいものをつくろうと思うんだ。お父さんが生きてるうちに準備するわけにもいかなかったからね。あと、通夜と葬式ね、こっちも手配は済んだ。受付けだの案内だのは会社の連中にやらせるし、奥のほうは町内会の奥さん連がやってくれる。挨拶だのなんだのはあたしと智雄《ともお》義兄《にい》さんとでやるから、あんたたちの仕事は神妙な顔して仏さんのそばに座ってるだけ。それからね……」

またウイスキーを口に運び、今度はゆっくりと喉《のど》に通してから、座りなおしてお袋が小さく咳払《せきばら》いをした。

「本当はこれが一番大事なこと。悦子《えつこ》にはわかってるだろうけど、会社のことは、今のところ問題はないんだよ。だから桜子はとにかく、高校の入試を精一杯頑張るように。おまえは女の子なんだから、おにいちゃんみたいに高校浪人するわけにはいかないよ。この時期こんなことがあって可哀そうだけど、死んだ人間に文句を言っても仕方ないからね。亮もそうだよ。あんたは高校も大学も浪人してるんだから、出るときぐらいはせめて、四年で出ておくれな。とにかく二人とも、勉強だけはちゃんとすること。心配なのはそれだけさ」

お袋が口を歪めて欠伸《あくび》を嚙み殺し、畳に手をついて、よっと立ち上がった。

「お父さんと二人だけで、ゆっくり寝かせてもらうとするか……今夜が最後だものねえ」

寝室のほうへ歩きだし、そこでお袋が、ちょっと姉貴をふり返った。

「あんた悪いけど、あとで居間に亮の布団を敷いてやっておくれな。今夜はみんなもゆっくり寝るんだよ。通夜っていうぐらいで、明日の晩は寝るわけにもいかないんだから」

お袋が居間を出ていき、残った三人が誰からともなく顔を見合わせ、一度ずつ、それぞれが小さい溜息をついた。

「お袋、口やかましくなったな」と、姉貴と桜子の顔を見くらべながら、ぼくが言った。「正月に帰ってきたときから、そんな気がしてた」

「血のつながってるあたしより、親父に似てるみたい。夫婦って、そんなものかしらねえ」

「おねえちゃん」と、顎を胸にうずめて、桜子が姉貴のほうへ口を尖らせた。「明日、お風呂に入れるかな」

「明日は無理よ」

「わたし、今入る」

「入るならさっさと入って、さっさとやすみなさいよ」

「お母さんと一緒に、わたしもお父さんのそばで寝ようかな」

ふんと、唸《うな》るように、姉貴が軽く鼻を鳴らした。

「どこでも好きなとこで寝ればいいの」

「おねえちゃんもお風呂に入る？」

「おまえのあとでいい。火も止めていいからね」

桜子が頬をふくらませ、ぷすっと息を吐いて、そこでごろりと後ろに一回転した。そしてぼくに下手なウインクをして、そのまま小走りに部屋を出ていった。

「今のうちに布団でも敷くか……」と、桜子が出ていった居間の出口に眉をひそめながら、立ち上がって、姉貴が言った。「亮ちゃん、ちょっと、お膳だけずらしておいてよね」

居間の襖《ふすま》を開けたまま姉貴が出ていき、ぼくは座卓を東の窓側に寄せて、それから鮨の皿と空のビール瓶を持って台所へ歩いていった。

ぼくはそこで自分の水割りをつくり、新聞紙の束から先週の地方紙をとり出して、水割りのグラスを持ったまま、その新聞をテーブルに開いてみた。

川村麗子の記事が載っていたのは社会面のかなり下のほうで、記事自体も二段見出しの二十行という、呆気《あっけ》ないほど小さいものだった。一応顔写真は載っているものの、見出しに川村麗子の名前があるわけではなく、注意していなければ読み過ごしてしまいそうな地味な記事だった。

川村千里が「ちょっと事故があって……」と言葉を濁したその事故というのは、新聞によると〈浴槽での溺死〉だった。川村麗子の体内から睡眠薬が検出されたことから、新聞では〈事故死の可能性が強い〉と結論していた。

あの川村麗子が、浴槽で溺死？　それも川本町にある『立冬荘』とかいう寒そうな名前のアパートで。川村麗子は実家ではなく、なぜアパートなんかに住んでいたのだろう。川村麗子が高校を卒業してから東京の短大へ行ったことは、噂で聞いていた。ただぼくはこの六年ちかく、中学の友達とはほとんどつき合いがなかったし、特に川村麗子の消息からは意識的に遠ざかろうと努めていた。

「亮ちゃん。水割り、あたしのぶんもつくってよ」と、運んできた布団を座卓の横に置きながら、台所のほうに首をひねって、姉貴が言った。「冷蔵庫に切った沢庵《たくあん》があるから、それも持ってきてさ」

ぼくはそこで姉貴の水割りをつくり、冷蔵庫からラップのかかった沢庵も出して、新聞と二つのグラスを持って居間へ戻っていった。

「姉さん、川村麗子って、覚えてる?」

布団の横から座卓の前に膝で歩いてきて、姉貴が水割りのグラスを、ひょいととり上げた。

「覚えてるわよ。昔亮ちゃんがこっぴどくふられた、あの怖いぐらい奇麗な子……その子が、どうかしたの」

「新聞に出てる」

「新聞に?」

姉貴がぼくの手から新聞を受けとり、ぼくが指さしたその箇所を、十秒ほど黙って目で追いかけた。

「とんだことに……」と、グラスの中に息を吐いて、姉貴が言った。「この記事、気がつかなかったわ。これがあのときの子なんだ。ずいぶんとまあ、奇麗な子だったのにねえ」

「似合わないんだよな」

「なにが」

「風呂場で溺れて死ぬのがさ」

水割りを口に含み、そのグラスの縁から目を覗かせて、にやっと姉貴が笑った。

「初恋の思い出が音をたてて崩れちゃった?」

「崩れてくれたほうが、楽なんだけどね」

「まだ未練があったんだ」

「そういうのとも、たぶん、ちがう気がする」

また水割りを呷《あお》り、グラスを置いて、姉貴が黙ってぼくの煙草に手をのばした。そして一本をふり出し、火をつけて、片手で頬杖をついてぼくの顔を覗き込んだ。

「あのときはさあ、あたしも若かったのよねえ、今考えたら恥ずかしいぐらい。でも亮ちゃんが本気なことは、なんとなくわかっていた」

「ああいう問題は他人《ひと》に相談しても意味がないという理屈を、おれもまだ、知らなかった」

「あたしも無茶なこと言ったよねえ。ちょうど自分の結婚話があって、こっちも頭に血がのぼっていたのよ」

「結論を出せ、姉さんはそう言った。自分の気持ちを相手に打ち明けて、よくても悪くても結論を出せ。一つ一つ目の前の問題に結論を出さなくては、人生が先に進まない……それで結論を出して、とんでもない目にあった」

「それ、皮肉?」

「皮肉じゃないさ。人生の現実を教えられて、姉さんには感謝してる。ただちょっと、早かったかもしれないな。もうしばらく人生の現実になんか、目覚めたくなかった」

水割りを口に含み、軽く息をついてから、煙草の煙に目を細めている姉貴に、ぼくが訊いた。

「姉さん、そろそろ考えないの」

「なにを」

「次の結婚」

煙草を指の先で持ちかえ、それを灰皿でつぶして、下を向いたまま、くすっと姉貴が笑った。

「現実と幻想の間にはさあ、深くて暗い川があるのよねえ。風邪をひくとわかってて川に飛び込むのなんか、もうまっぴら」

「諦める必要もないさ。風邪をひいたのは、一度きりなんだから」

「そっちはどうなのよ。高校のときにつき合っていたあの子、なんて言ったっけ」

「南村葉子《みなみむらようこ》?」

「それは二か月で別れたやつでしょう? そうじゃなくて、表町の書道の先生の娘、あの子なんかいい子だったじゃない。やっぱり東京の大学へ行ったんでしょう」

「東女《とんじょ》へ行ったとか、誰かから聞いたな」

「東京ではつき合っていないの」

「そういうことに持久力が足りないらしい」

「あんたも変わった子よねえ。本当は優しいくせに、そっちのほうだけは飽きっぽいんだから……それともやっぱり、この川村麗子って子のこと、引きずってるわけ」

「そんなロマンチストじゃないさ」

「どうだかねえ。思い込むと、亮ちゃん、意外としつこいもんねえ」

ぼくは姉貴の前から煙草の箱をとり返し、一本に火をつけ、その煙を天井に向かって、ふーっと吹きつけた。『しつこい』の一言で片づけられても困るが、ぼくの気持ちが川村麗子から卒業できていないらしいことも、客観的には事実なのだろう。

廊下に足音がして、白地に苺《いちご》の模様がプリントされたパジャマを着た桜子が、濡れたままの髪でもぞもぞと居間に戻ってきた。

「お母さんたら、意地悪なんだよ」と、襖の前に立って、桜子が言った。「わたしをお父さんと一緒に寝かせてくれないの」

「おまえが一緒じゃ、父さんだって化けて出にくいもの」と、姉貴が答えた。

「最後の夜なのにさ。わたしだって一緒に寝たいもん」

「母さんの気持ちも考えなくちゃね」

「だって……」

「そういうもんなんだよ、男と女って」

「そういうものって」

「そういうものはそういうもの。おまえにはわからないの」

「それぐらい、わたしだってわかるもん」

「わかるんならぐずぐず言ってないで、風邪ひかないうちにベッドへお入りよ」

桜子が台所へ歩きだし、歩きながら、姉貴に向かっていーっと下唇をつき出した。

「牛乳を飲みに来ただけ。牛乳飲んだらさっさと寝るもん。もうずーっと眠って、明日なんか夜まで起きてやらないもん」

姉貴が呆《あき》れたような顔で欠伸をし、残った水割りを飲み干して、よっと立ち上がった。

「お風呂に入って、寝るとするかな」と、首の後ろを自分の手でもみながら、姉貴が言った。

「亮ちゃん、寝る前にストーブだけ止めてね。お膳はこのままでいいから」

姉貴が桜子を無視して部屋を出ていき、ぼくのほうはグラスを持って、冷蔵庫の前でなにやらごそごそやっている桜子のところへ、ゆっくりと歩いていった。ぼくはそこで水割りを濃くつくりなおし、テーブルを挟んで桜子の向かいに腰を下ろした。

「つぼみ、高校へ行ったら、なにかクラブに入るのか」と、冷蔵庫にもたれて牛乳を飲んでいる桜子に、ぼくが訊いた。

牛乳のコップを口にあてたまま、桜子がテーブルをぼくの側にまわり込んできた。

「自然科学部」

「自然科学部?」

「前女の自然科学部って、有名なの。知らなかった?」

「知らなかった。なんだそれ」

「自然と文化の関係とか、地球の環境問題とか、そういうことを研究するの」

「ふつうのことに興味はないのか」

「ふつうの、なによ」

「レコード大賞は誰がとったかとか、巨人は今年優勝するだろうかとか」

テーブルに腹を押しつけて、ぼくの顔を見下ろしながら、桜子がぷくっと鼻の穴をふくらませた。

「おにいちゃん、そういうことに興味あるの」

「たとえばの話さ。たとえば、好きな男の子と高校が別になって、悲しいとか」

「わたし、男の子なんかに興味ないもん」

「地球の環境問題よりは興味深いだろう」

「誰と誰がどうしたとか、誰がどの子を好きだとか、そういうことぐずぐず言うの、わたし大嫌い」

「もしつぼみのことを好きなやつがいて、そいつから手紙なんか来たら、どうする」

目を見開いて、空になったコップをテーブルに置き、桜子が椅子の背もたれに手をかけて、そこにパジャマの腹を押しつけた。

「向こうが勝手に好きだって、こっちも好きになるって、限らないじゃない？」

「だから手紙をよこすのさ」

「そういうのって、気持ち悪いよ」

「男の子から手紙をもらったこと、ないのか」

「手紙ぐらい、あるもん」

「その手紙はどうした」

「破いて捨てちゃった」

「どうして」

「その子のこと、わたし、好きじゃなかったもん」

ぼくは水割りのグラスをとり上げ、椅子を立って、いくらか酔いを感じながら居間へ戻り、敷いてある布団の上に胡坐《あぐら》をかいて座り込んだ。

桜子が台所の電気を消し、ぼくの顔に流し目をくれながら、居間の戸口へぶらぶらと歩いてきた。

「手紙のこと、なんでおにいちゃんが怒るのよ」

「怒ってなんか、いないさ」

「怒ったわよ。顔に書いてあるもん」

「顔になんかなにも書かない」

「おにいちゃんて、怒ると顔に出ちゃうもん」

「冷えないうちに寝たほうがいいぞ」

「ねえ、なにを怒ったの」

ぼくは手に持っていた濃いめの水割りを、半分ほど喉に流し込み、人差し指で居間の出口を桜子に指し示した。

「怒ったわけじゃない。つぼみに手紙を出したやつが可哀そうになっただけさ。そいつもたぶん、何度も何度も字を練習して、『ラブレターの書き方』とかってやつを研究して、誰かに相談もして、それでけっこう気合いを入れて手紙を出したのかもしれない。そう思ったらな、なんとなくそいつのことが、可哀そうになった」

なにやら唸りながら、何歩か出口に歩いてから、桜子が困ったような顔でぼくのほうをふり返った。

「ごめんね。忘れてた……おにいちゃん、一生懸命東京から帰ってきて、今日は、疲れてるんだよね」

2

朝から晴れて、空気が冷たい。こういう日は午後から風になる。小学校のころは校庭で遊んでいて夕方家に帰ると、髪の毛から小さな砂粒がじゃりじゃりとこぼれ出たものだ。二月の前橋の風は土埃《つちぼこり》ではなく、砂埃を舞い上げる。

家の中がざわつきはじめたのは遅い朝飯が終わった、朝の十時ごろだった。

まず町内会のおばさんたちがやって来て、茶だの茶菓子だのの支度をはじめ、次に葬儀屋がやって来てお袋たちの寝室に棺桶を運び込んだ。それから葬儀屋の人たちは通夜の目障りになりそうな家具を、まったく感心するほど躊躇《ちゅうちょ》なくぼくの部屋に押し込んだ。そのころにはぽつぽつと、葬式用の花輪も届きはじめていた。

父親が死んで、その通夜の日に息子がこれほど暇だというのも、ぼくには感動的な発見だった。これは血のつながりがあるとかないとかいうこととは、たぶん無関係だろう。ふつうに考えればこの儀式の主役は死んだ父親で、お袋がその相手役。姉貴やぼくや桜子は重要な助演者ということとなのだろうが、現実にはぼくと桜子が演じなくてはならない役は、なにもなかった。棺桶のそばに座ってじっと俯《うつむ》いているだけなら、演技力は必要ない。

昼ごろ、我慢できなくなって、ぼくは姉貴のクルマを借りて外に出た。六時から始まる通夜までに帰ってくればいいし、帰ってこなくても、それはそれでいい。親戚のおばさんの誰かがどうせ、「亮ちゃんは変わってるから」という一言で片づけてくれる。

亀橋和也《かめはしかずや》の家は大渡橋を市街地から総社《そうじゃ》側に渡った、利根川《とねがわ》の少し西にあった。それよりもっと西は前橋の工業団地といわれる地区で、亀橋和也の家はそこで自動車の修理工場をやっていた。亀橋自身、市内の工業高校を卒業したあと、親父さんのやっている自動車の修理工場を手伝っているはずだった。

吹き抜けになっている『亀橋自動車』の工場には、三台の修理中らしい乗用車が並んでいるだけで、親父さんも亀橋も、人の影は一つも見えなかった。ぼくは工場の脇にある窓のついたドアを開けて、奥に声をかけた。

人の気配がして、工場とは反対側のドアから、五十ぐらいの厚化粧のおばさんが肩で息をしながら飛び込んできた。ぼくはすぐに気がついたが、それは亀橋のお袋さんだった。亀橋自動車は中学のときまでぼくの家の近くにあって、そのころは毎日のようにその家に入《い》り浸《びた》っていた。

「亮ちゃんかい？　ねえ、斎木の亮ちゃんだいねえ」と、お袋さんもぼくの顔を思い出して、すぐに化粧と同じ派手な甲高《かんだか》い声を出してきた。「しばらくだいねえ、まったくさあ、どうしてたん？」

「ご無沙汰してました」と、お辞儀をして、ぼくが言った。

「ご無沙汰なんかお互い様だけどさあ。へええ、斎木の亮ちゃん。まあすっかり大人っぽくなってさあ」

「やつ、いますか」

「今昼食《おひる》食べに行ってるんよ。あと十分もすりゃ帰ってくるからさあ。上がってちょっと待ってないね」

「ここでいいです」

「そこじゃ寒いもんさあ。ねえ、知らない家じゃないんだしさあ」

「すぐ帰りますから」

「水臭いねえ。ええ？　いつからそんな水臭くなったん。とにかく上がりないね。和也もすぐ帰ってくるからさあ」

「本当にここでいいです」

「ほーんと、まあ奥も散らかってるけどさあ。そいじゃその辺《へん》の椅子に腰かけておくれな。コーヒーがいいかい、紅茶がいいかい？」

「コーヒー、もらえますか」

「コーヒーね。わかった。とにかくそんなとこに立ってないでさあ。ねえ、もっとストーブのそばに寄ってさあ」

亀橋のお袋さんがものすごい勢いで姿を消し、ぼくは一つ息をついてから、椅子を引き寄せてガスストーブの前に腰を下ろした。以前と工場は変わっても、この機械油とシンナーの臭気《におい》は、なんとなく懐かしい。

ぼくが煙草をとり出して、一本を吸い終わる間もなく、亀橋のお袋さんがコーヒーを盆にのせて戻ってきた。

「さっきは急だったんで、言いそびれたけどさあ」と、事務机に盆を置いて、亀橋のお袋さんがストーブの前ににじり寄ってきた。「斎木工業って会社の社長、もしかして亮ちゃんのお父さんじゃなかったかさあ」

うなずいて、煙草を消し、ぼくは手をのばして、盆の上からコーヒーカップをとり上げた。

「やっぱしねえ」と、いくらか地味な声で、亀橋のお袋さんが言った。「今朝新聞見てさあ、もしかしてそうじゃないかって和也とも話してたんさ。そうかい、そりゃとんだことだったいねえ。そいで亮ちゃん、やっぱし葬式で帰ってきたん?」

「一応、そうです」

「大変だいねえ。お父さんて人、まだ若かったんだろう」

「六十一でした」

「若い若い、近ごろの六十一はまだ働き盛りだもんねえ。それでなんだったたっけ? 脳卒中だっけ」

「胃癌《いがん》です」

「胃癌? へええ、そいつはまあねえ、大変だったいねえ。長いこと寝てたんかい」

「去年の秋に入院したときには、もう助からないと言われました。一月一杯もてばいいほうだったそうです」

「そうなんだ、へええ。若い人の癌て、進むと早いっていうからねえ」

亀橋のお袋さんは、そこでちょっと言葉を切り、カーデガンのポケットから煙草をとり出して、使い捨てのライターで火をつけた。

「だけど、なんだよねえ、その……」と、はっきりと見事に描かれた眉毛の間に皺を寄せて、ちらっと、亀橋のお袋さんがぼくの顔を窺《うかが》った。「斎木工業の社長って人、たしか、亮ちゃんの二度めのお父さんだったたいねえ」

ぼくは甘ったるいインスタントのコーヒーを一口口に含み、それを飲み下す仕種《しぐさ》で声の返事をごまかした。

「まあね。二度めでもなんでもさあ、身内が死ぬってのは大変なことだけどさあ。それで会社のほう、やっていけるん？」

「お袋と姉貴で、なんとか」

「そうかい。そりゃよかった。お母さんと姉さんとで……姉さんて、なんていったっけ、悦子さんだっけ？　奇麗な人だったいねえ。あの人結婚したんだよねえ」

「二年前に戻ってきて、今また会社の仕事をやってます」

「二年前？　ほーんと、ちっとも知らなかった。お宅もいろいろ大変だったいねえ。そいで亮ちゃん、あんたどっかの大学へ行ったって聞いたいねえ」

「ちょっと、三流の」

「サンリオだってなんだってさ、大学へ行けりゃたいしたもんだよ。へええ、亮ちゃん大学生かい。それでそのサンリオって大学、どこにあるん」

「渋谷です」

「渋谷？　渋谷っていや有名だよねえ。そうかい、あの和也と遊びまわってた亮ちゃんが大学生かい。立派んなったいねえ。それに比べてうちの和也、もうちょっとで高校も出られないとこだったんだよ。出席日数が足らないとかでさあ……市会議員の神山《かみやま》さんて知ってる？」

「さあ」

「その市会議員の神山さんていう人がね、うちのお客さんでさあ。それで神山さんに学校と談判してもらって、それでやっと卒業できたんさ。今どき高校ぐらい出てなけりゃさあ、自動車の修理屋だって世間体が悪いやね」

そのとき工場側のドアが開き、たいして世間体が悪くもなさそうな顔で、つなぎにジャンパー姿の亀橋がのっそりと事務所に入ってきた。会うのは二年ぶりだったが、亀橋はいくらか太っていて、鼻の下には短い口髭《くちひげ》をはやしていた。

「あの派手なシルビア、おまえが乗ってきたんか」と、挨拶のつもりでか、亀橋が車道のほうにその角張った顎を、ひょいとしゃくってみせた。

「姉貴のクルマさ」と、ぼくが答えた。

「今朝新聞に出てたの、やっぱり亮ちゃんのお父さんだってさあ」と、ストーブの前を亀橋に明け渡しながら、亀橋のお袋さんが言った。「それで亮ちゃん、今サンリオって大学へ行ってるんだってさあ」

「なあ母ちゃん、俺にもコーヒーいれてくれよ」

「生意気言うんじゃないよ。コーヒーなんかその辺で飲んでくりゃよかったじゃないか」

「インスタントのよう、クリープたっぷりのやつが飲みてえんだよ」

亀橋のお袋さんが口の中でなにか言いながら家に入っていき、亀橋も椅子を引き寄せて、それに腰かけて手をストーブの前につき出した。亀橋の短く切った爪の間にも、黒い油の染《し》みがこびりついていた。

「新聞見て、親父さんのことはすぐ気がついたけどよう」と、ストーブの前で手をこすりながら、亀橋が言った。「それでおまえ、いつ帰ってきたんだよ」

「昨夜、親父が死んだあと」

「葬式は明日だってな。おばさん、元気なんか」

「前からわかってたことだから、覚悟はしてたらしい」

「明日が葬式なら今夜は通夜じゃねえか。こんなとこでぶらぶらしてていいのかよ」

「暇をもてあまして、亀橋の顔見に来たんだ」

「薄情なんだよなあ。おまえってそういうとこ、あったもんなあ」

亀橋が立ち上がり、今度は反対側を向いて、掌《てのひら》と一緒にストーブでつなぎの尻を焙《あぶ》りはじめた。

「さっきお袋が言ったサンリオっての、なんだ」

「三流って言ったら、おばさんが勝手に間違えた」

けっと、痰《たん》を吐くような感じで、面白くもなさそうに亀橋が笑った。

亀橋のお袋さんが戻ってきて、モーニングカップに溢れるほど注いだコーヒーを、鼻を鳴らしながら直接亀橋に手渡した。

「忘れてたけど」と、亀橋のお袋さんが、亀橋に言った。「さっき森田《もりた》さんから電話があってさあ、カローラの車検、上がってるかって訊いてきたよ」

「上がってると思うぜ。だけど一応親父に訊いたほうがいいな。書類のことは俺にはわからねえ」

「父ちゃん、何時ごろ帰るって？」

「知らねえけど、陸運局だから三時には帰るんじゃねえのか」

「まったくさあ。出たら出たで、途中で電話っくらい入れりゃいいのにさあ」

亀橋のお袋さんが舌打ちをして奥へ入っていき、その閉まりきったドアに、亀橋がまたけっと笑いかけた。

「おばさん、変わらないな」

「ちったあ耄碌《もうろく》すりゃいいのによう。最近カラオケに凝《こ》りやがってな、夜中まで帰ってきやがらねえ」

「倅《せがれ》のほうは足洗ったのか」

「決まってらあ。もう乳くせえ連中とバイク乗りまわす歳《とし》じゃねえもんよ」

「前橋もいくらか静かになったわけだ」

亀橋がふんと鼻を鳴らし、肉の厚い汚れた手でコーヒーをすすり上げた。

「俺も最近考えてよう。クルマの修理屋なんて、わりのいい商売じゃねえしな。そのうち中古のディーラーで金ためて、郊外スーパーとか郊外レストランとか、ああいうのやりてえなって思うんさ」

「おまえ、顔が広いしな」

「中学んとき田中由美子《たなかゆみこ》っていたの、覚えてるか」

「陸上やってたやつだ。ひょろっとして、色が黒かった」

「ありゃ日に焼けて黒かったんさ。今はそれほどじゃねえ。俺よう、今由美子とつき合っててな、結婚してもいいかなって思うんさ。やつん家《ち》、敷島《しきしま》でスーパーやってるんだ」

亀橋がコーヒーを飲み干し、ニキビのあとが残った頰《ほお》を歪《ゆが》めて、にたっとウインクをした。

「時間、あるのか」と、亀橋が訊いた。

「ある」と、ぼくが答えた。

亀橋がカップを机に置き、ドアのほうへ躰《からだ》をずらして、ぼくに向かってひょいと顎をしゃくってみせた。

「珍しいもの見せてやる。びっくりするぜ。由美子には文句言われるけど、どっちとるかって言われりゃ俺はこっちをとっちまう……由美子には、そうは言えねえけどよう」

亀橋がぼくを連れていったのは工場の南側にある、となりの建物との間の日の当たらない空き地だった。そこへ行くまで亀橋はつなぎのポケットに両手をつっ込んで、鼻唄を歌いつづけていた。

「信じられるか、こいつが子持村の解体屋に眠ってたって話」

たぶんクルマだろうとは思っていたが、シートを剝《は》いで亀橋が披露したのは、やはりクルマだった。ただそれがどこの国のなんというクルマかは、ぼくには見当もつかなかった。全体に丸っこい感じで、寸が詰まっていて、正面から見ると豚か狸《たぬき》の顔のような印象を受ける。フォルクスワーゲンの古い型かとも思ったが、そうでもないらしい。

「仕事で子持へ行ってな……」と、うっとりした目で深緑色のボディーを撫《な》でながら、亀橋が言った。「そしたら解体屋の裏によう、こいつが野づみされてるじゃねえの。びっくりしたなんてもんじゃなかったぜ」

「日本のクルマか」

「あのなあ」

亀橋がジャンパーのポケットから煙草をとり出し、一度ぼくにいやな流し目をくれて、しゅっと火をつけた。

「尻《けつ》にまわって名前を見てみろや」

ぼくは本当のところ、そのクルマがタイタニックでもB29でもよかったのだが、昔の不良仲間の義理で、一応後ろにまわり込んだ。

「ダットサンて書いてあるな」

「そうよ、ダットサンブルーバードさ。昔も昔、大昔のブルーバードってわけ」

亀橋が煙草をふかしながらぼくの前にまわってきて、ふーっと溜息《ためいき》をついた。

「うっとりしちまうぜ、なあ？　このテールランプは茄子《なす》型っていってな、次の年式からはもう尖《とが》っちまうんだ。だからこいつが茄子型の最後のやつ。これだけのクルマ持ってるの、前橋じゃ俺一人じゃねえかな」

「動くのか」

「動くさ。ちょいと苦労したけど、動くようになるまで半年かかった」

「半年かけて、動かして、どうするんだ」

「どうもしねえよ。こういうクルマって動くだけで意味があるんさ。つまり……男のロマンみてえなやつよ。ロマンのねえ野郎にはわからねえさ」

亀橋の言うとおり、ぼくにそんなロマンはなかったし、このクルマに関して文句を言うという田中由美子にも、たぶんロマンはないのだろう。

ぼくは躰の向きを変え、日向《ひなた》の部分に歩いて、背中で風を防ぎながら自分でも煙草に火をつけた。

「川村麗子のこと、知ってるよな」と、腕を組んでクルマに見惚《みと》れている亀橋に、ぼくが言った。

亀橋が顔を上げ、くわえていた煙草を地面に向かって、ぺっと吐き捨てた。

捨てた煙草をスニーカーの底で踏みつぶしながら、亀橋が言った。

「そのことじゃねえかと思ってたぜ。おまえ、誰に聞いた？」

「昨夜《ゆうべ》前橋駅で、川村の妹に会った」

「川村千里、か。あいつと知り合いだったのか」

「向こうが知ってただけさ。彼女はたぶんおまえのことも知ってる。不良で有名だったらしいから」

けっと、面白くもなさそうに亀橋が笑い、また義理でぼくも笑い返した。

「俺、会ったことはねえけどよう、千里ってけっこう可愛いって聞いたぜ」

「同級生じゃなくて助かった」

「そんなにいいのかよ」

「田中由美子ほどでは、ないけどな」

亀橋が今度は声を出して笑い、ぼくのほうへ歩いてきて、口髭をこすりながら日向の中にしやがみ込んだ。

「けっこう騒ぎになった。あの川村麗子のことだもんよう、騒ぐなって言うほうが無理な話よ」

「気にくわないよな」

「なにが」

「風呂場で溺れたっていうの」

「そりゃあよ、おまえにとっちゃ川村は小便もしねえし、糞《くそ》もたれねえ。だけど現実って、こんなもんだぜ。やつだって男に惚《ほ》れりゃ股《また》も開くし、風呂場で滑って頭打つことだってあらあ」

「彼女、頭を打ってたのか」

「そういう話さ。薬飲んでたの、知ってるか」

「新聞に書いてあったな」

「それでよう、初めは自殺って線もあったらしいけど、頭打ってることがわかって、けっきょくは事故ってことになったらしい」

「睡眠薬を飲んで、風呂場で滑って頭を打って、それで溺れて死ぬなんての、川村に似合うと思うか」

「だからよう……」

「わかってる。わかってるけど、彼女みたいな女は死ぬときも、もっと恰好つけると思ってた。たとえ交通事故で死ぬとしても、相手のクルマはちゃんとBMWだとか」

「まあな。おまえの気持ちも、わかんねえわけじゃねえけどさ」

亀橋がもぞっと立ち上がり、クルマの前まで歩いて、前輪のフェンダーに右の腰で寄りかかった。

「川村がいつ前橋へ帰ってきたか、知ってるか」と、ぼくが訊いた。

「去年の春さ」と、また煙草に火をつけて、亀橋が答えた。「おまえが東京に出たのと入れ違いだったわけよ。短大卒業して、すぐ帰ってきたらしい。由美子もよう、中学で川村と同級だったことがあってな、けっこうそういう話に詳しいんだ。女のネットワークって恐ろしいからよう」

「彼女が死んだのは、川本町のアパートだったよな」

「そうらしい」

「実家があるのにか」

「詳しいことは知らねえけど、要するに、おまえん家《ち》とおんなじなわけよ」

「家《うち》と同じって」

「要するに川村の親父さんていうの、やつの本当の親父じゃなかったわけ。お袋さんが川村を連れて再婚したんだとさ。そういうこと、最近みんな由美子に聞いたんだ」

「もしそうなら前橋へ帰ってこなくても……」

「知らねえよ。詳しいこと、本当になにも知らねえんだ。だけどおまえん家《ち》だって、やっぱりなんかごちゃごちゃあるわけじゃねえか、なあ？」

ぼくの家が、どういうふうにごちゃごちゃあるのかは知らないが、お袋と姉貴とぼくと桜子と、その全員に血のつながりがあるのは桜子一人だけ。それは親父が生きていたって同じことで、だからってぼくの家では誰も睡眠薬なんか飲んで、風呂場では溺れない。

「川村は前橋で、勤めでもしてたのか」

「どっかの会計事務所へ行ってたんだとよ」

「田中由美子は川村のことを、他になにか知ってると思うか」

「どうだかな。べつに最近つき合ってたわけじゃねえらしいから。それよりよう……」

亀橋がクルマのドアを開け、中からタオルをとり出して、くわえ煙草のままフロントガラスを拭きはじめた。

「おまえ、氏家《うじいえ》と桑原智世《くわばらともよ》が同棲してるの、知ってたか」

「氏家って、学級委員長だった氏家孝一《こういち》？」

「やつ、東大に三回おっこってな、去年の秋から広瀬《ひろせ》川《がわ》の川っぷちでスナックをやってる。昔『くるみ』って喫茶店があったとこ。叔父さんだか叔母さんだかに金を出させたって話だ」

「氏家と桑原智世、か」

「わかんねえよなあ。気にくわねえ野郎だったけど、氏家なら東大ぐれえ、かんたんに入れると思ってたけどなあ」

「それで……」と、クルマを亀橋とは反対側へまわって、ぼくが訊いた。「桑原智世のほうは、どうしてたんだ」

「前女を出て看護婦んなった。去年から新前橋病院に勤めてる。おまえ、伊勢《いせ》崎《さき》の高校へ行ったから知らねえだろうけど、二人がつき合ってるのは前から有名だったんさ。桑原は中学のとき陸上部に入ってたことがあって、それで由美子とも仲がいいんだとさ」

「桑原智世も学級委員だったから、川村のことはよく知ってるわけか」

「そういうこと。こっちはみんな由美子からのまた聞きだけどよ」

横を向いて、煙草を地面に吐き、タオルをボンネットの上に放ってから、亀橋が後ろに下がって大げさに目を細めた。

「このヘッドライトの形、いかすんだよなあ。なんで女にわかんねえのかなあ」

「氏家のやってる店、なんていう……」

「『青猫』だとさ。朔太《さくた》郎《ろう》の詩からとったんだと。氏家らしいっていや氏家らしいや」

クルマからぼくの顔に視線を巡らし、つなぎのポケットに両手をつっ込んで、亀橋が寒そうに幾度か足踏みをした。

「おまえ、いつまでこっちにいるんだ?」

「決めてないけど」

「葬式が終わったらどっかで一杯やらねえか。由美子にも会わせる。やつ色だって白くなったし、けっこう可愛くなってるぜ。六年もすりゃあみんな変わるんさ。俺だってバイクやめたし、エリートやめたやつだっているし……だからよう、ふつうのつまらねえ女になって、風呂場で溺れて死ぬやつだって出てくるわけよ。おまえがこだわるのはわかるけど、人生ってよう、そういうもんじゃねえのかなあ」

＊

ぼくが家に戻ったのは三時前だったが、通夜の支度は感激するくらい完璧にできあがっていた。となりの家とぼくの家の塀には合わせて三十本以上の花輪が並び、門から玄関までの間には白黒の幕が張られて、この時点のこの家が尋常でない状況に置かれていることを、露骨に主張していた。

ぼくの居場所がないことは、最初からわかっていた。玄関も居間も台所も近所のおばさんや親戚たちに占領され、棺桶の置かれた部屋も親父の兄弟と早い弔問客《ちょうもん》で、まるで花見が始まる前のような賑《にぎ》やかさだった。

ぼくは生花で囲まれた棺桶の前にしばらくお袋たちと座ってから、便所へ行くふりをしてそのまま二階へ上がっていった。ぼくとしては六時からの通夜の席に、とりあえず顔を並べればいい。

桜子の部屋で電気ストーブをつけ、松任谷由実のテープをラジカセにセットして、ぼくはラッコの縫いぐるみをどけてベッドの上に横になった。このとぼけた顔をした茶色の縫いぐるみも松任谷由実のテープも、いつだったか桜子の誕生日にぼくが買ってやったものだった。

ラジカセから歌声が流れてくるころには、ぼくの意識はもう半分ほど宙に浮いて、外の風の音と遊びはじめていた。昨夜寝つかれなかったせいと、寝ついたときには朝になっていて、姉貴のスリッパの音とわざとらしい一人言で布団から引き出されたせいだった。

不確かな意識のなかで、ぼくの頭には中学生のころの川村麗子を中心に、亀橋和也や氏家孝一や桑原智世の顔が、妙にはっきりと浮かび上がっていた。どの顔の印象も、季節は冬ではなく、柔らかい光を受けて頬と目がくすぐったそうに輝いていた。その中に自分の顔が現れないのは、たぶんぼく自身がそれらの記憶から距離を置こうとしているせいだろう。

ドアが開いて、気づいたときには、口を尖らせた桜子が怒ったような顔で部屋へ入ってきた。

「やっぱりここにいたんだ。おにいちゃんてずるなんだから」

「ちょっと、疲れた」と、起き上がりながら、ぼくが言った。

「お客さんが来てるよ」

「知ってるさ、通夜だもんな」

「そうじゃなくて、おにいちゃんのお客さん」

ベッドから起き上がったぼくの顔を、不遜《ふそん》な目つきで、桜子が下からじろりと見上げてきた。

「奇麗な人……川村さんて言ってた」

ぼくの頭に、一瞬川村麗子の顔が浮かんだが、まさか川村麗子があの世から親父を迎えに来たわけでもないだろう。

「何歳《いくつ》くらいの人だ?」

「わたしよりちょっと上。髪が短くて黒い革のコート着てる」

「千里って言わなかったか」

「名前なんか訊かないもん。でも失礼しちゃうんだ。わたしの顔、じっと見てるの」

「つぼみが可愛いんで、おれの妹だとは思えなかったんだろうさ」

桜子がぷくっと頬をふくらませ、ぼくが指で突いて、その頬を破裂させてやった。

「おにいちゃん、いつあんな人と知り合ったのよ」

「昨夜電車の中でナンパしたんだ。今日遊びに来るように言っておいた」

「いやらしい。おにいちゃん東京へ行ってから、ぜったいいやらしくなった」

桜子の頭に軽く拳骨《げんこつ》をくれ、テープとストーブを止めて、ぼくたちは一緒に下へおりていった。しかし本当に川村千里だとすれば、千里がなんだってぼくなんかを訪ねてきたのだろう。奇麗な人、という表現には多少疑問もあったが、ぼくへの客はやはり川村千里だった。千里は棺桶とは反対側の壁の前に正座をして座り、ちょっと居心地が悪そうに祭壇を睨《にら》みつけていた。特に川村麗子の妹だと意識しなくても通夜の席には不似合いなほど、千里の周りだけが春っぽい雰囲気に染まっている。

ぼくの顔を見ると千里は急に表情を変え、そのまま中腰で歩いてきて、またぺたんと畳に座り込んだ。

「この度《たび》は、ご愁傷様でございました」

へんな気分ではあったが、ぼくも一応畳に膝をつき、「はあ」とか「どうも」とか、とりあえず無難な挨拶をした。

「今、ご焼香しちゃいました」

「ごていねいに、ありがとうございます」

「わたし、昨日、知らなかったんです」

「お互い様です。それで、今日、学校は？」

「今日は、半日です」

「それは、よかったですね」

お袋も姉貴も桜子も、それからその部屋にいた他の人も全員がしっかりぼくらの様子を窺っていたので、ぼくは目で千里に合図をし、精一杯さりげなく部屋を抜け出した。われながらかなりの演技賞ものだったが、暑くもないのにぼくは腋の下に汗をかいていた。

「お葬式のこと、昨日、なんで言わなかったんですか」と、廊下に出て一つ深呼吸をしたぼくに、見開いた目で近づいてきて、千里が言った。

「人の死をつづけて話したくなかった」

「水臭いじゃないですか」

「そうかな」

「斎木さんて、へんなところに気取ってると思います」

千里もぼくに因縁をつけに来たわけではないのだろうが、言われたぼくにとってそれはもう、ほとんど言いがかりだった。

「今朝新聞見て、わたし、びっくりしちゃった」

「おれも昨夜、先週の新聞を見た」

「わたし、ずっと考えて、それで斎木さんに相談することに決めたんです」

ぼくたちの横を近所のおばさんがばたばたと通っていき、反対側からはなぜか桜子がやって来て、わざとらしい知らん顔で居間のほうへ歩いていった。

「ちょっと出ようか」

「出ちゃって、いいんですか」

「いいさ。おれなんかどうせ、お客さんみたいなもんだ」

居間に入ったはずの桜子がまた顔を出し、今度もわざとらしくぼくたちを無視して横を通り過ぎようとした。ぼくはとっさに躰の向きを変え、千里からは見えない角度で、その桜子の尻をおもいっきりひっぱたいてやった。お袋に言い付けられるものなら、言い付けてみればいい。

まだ暗くなる時間ではなかったが、それでも風は強くなっていて、塀に並んだ花輪の紙飾りが競争でもするように、がちゃがちゃと喧《やかま》しい音をたてていた。利根川方向の空がとんでもないオレンジ色で、夕焼けに染まっている。

千里は黄色い自転車に乗ってやって来ていた。六年前、たった一度だけ、ぼくはやはり学校帰りの川村麗子とこんなふうに、冬の道で肩を並べたことがある。そのときの川村麗子はなにも喋《しゃべ》らなかったが、今手袋をはめた手で自転車を押している千里も、ぼくのほうへはなぜか、ふり向きも話しかけもしなかった。ぼくらはバラ園の西側の道を黙ったまま五分ほど歩き、黙ったまま、まだ看板に電気のついていない『ピンク・ピッグ』という喫茶店に入っていった。ぼくの気分はちょっとだけ時間を飛び越えていたが、不思議に神経は穏やかで、千里と姉の麗子は別の人間だという当たり前の理屈を、ぼくの常識も認めはじめているらしかった。

席につき、手袋とマフラーと革のコートを脱いでから、一度鼻水をすすって、千里が大きく目を見開いた。

「わたし、やっぱり、図々しかったと思います?」

「世の中にはなにをしても許される人間がいる気がする」

「歩きながら、わたしずっと反省してたの。お焼香に行くのってけっこう自然だろうと思って、それで行ってみたら、やっぱり不自然だったみたい」

「歩きながらおれのほうは、この子はいったいなにを考えてるのかな、と考えていた」

千里がはにかんだように笑い、脱いだ上着からポケットティシューをとり出して、しゅっと鼻水をかんだ。

「たいしたことは考えてませんよ」と、使ったティシューをポケットに押し込みながら、千里が言った。「わたし、麗子ちゃんみたいに複雑な性格じゃないの。父なんか、たんに頭が悪いだけだって言います」

　店の人が来て、ぼくたちは一緒にカフェ・オレを注文し、それからぼくのほうは煙草をとり出して、千里には断らずに火をつけた。

「今日は、やっぱり、姉さんのことだろう」と、煙を横に吹いてから、ぼくが訊いた。

千里の睫毛《まつげ》がかすかに震えて、口の端が一瞬、強く結ばれた。

「相談できる人がいなかったの。この一週間ずっともやもやしてて、でも父や母には言えないし……そしたら今朝起きて、ぱっと斎木さんの顔が浮かんじゃった。やったねって感じでした」

　とりあえずは光栄だったが、ぼくなんかに相談してなにか意味があると、いったいこの子は、どこで思い込んだのだろう。

「斎木さん、さっき、麗子ちゃんの記事を読んだって言いましたよね」

「五、六回は読んだ。それに今日までの新聞もみんな読んでみた。だけど最初の記事以外、なにも載っていなかった」

「それで、どう思いました？」

「なぜ川村麗子は前橋へ帰ってきたのか。なぜアパートなんかに住んでいたのか。なぜ睡眠薬なんか飲んだのか。なぜ風呂場なんかで溺れたのか……」

「それだけ？」

「一番思ったのは、川村にしては、ずいぶん恰好わるい死に方をしたなってこと」

千里がくすんと鼻を鳴らし、額にはっきりとした皺をつくって、ぼくのほうにふーっと長い溜息をついた。

「前橋に戻ったことやアパートのことは、ちゃんと理由があるの。でもやっぱり、わたしも斎木さんと同じふうに思った、麗子ちゃんらしくないなって。麗子ちゃん、そんなにうっかりしたことはしないはずなのになって」

「今日、中学のときの友達に会ったら、自殺の可能性もあったと言ってたけど」

「初めだけです。新聞には出なかったけど、最初は事故と自殺と殺人と、警察では三つの可能性を考えたみたい」

ぼくの頭の中で、湿気《しけ》っていた花火にぱちっと火がついたように、耳に一瞬いやな音が鳴りわたった。それまで漠然と眠っていた『殺人』という言葉が、奇妙な現実感で登場してしまったのだ。

カフェ・オレが来て千里がそれを口に運び、一口すすってから、上唇に残ったコーヒーを舌の先で、ぺろっと一なめした。

「新聞には出ていなかったけど……」と、千里の生意気そうな唇の動きを眺めながら、ぼくが訊いた。「警察では、もう最終的な結論を出したのかな」

「三日後に刑事さんが来て、正式に事故死と断定されたって、そう言いました」

「理由は？」

「詳しいことはわからないの。現場の状況がどうとか、会社の人の証言がどうとか……とにかく、自殺でも殺人でもないって」

「それでみんな、納得した？」

「一応はね。だって、警察がそう言う以上、わたしたちにはどうしようもないもの」

「だけど君自身は納得してない、そういうことか」

カップを口につけたまま、ぼくの目を覗き込んで、千里が小さくこっくりをした。

「自殺については、本当に考えられないのかな」

「麗子ちゃんてそういう性格じゃなかった。負けるのが嫌いだったの。それにブティックを出すって張り切ってた。会計事務所にも経理を覚えるために勤めてたの」

「よけいなことだけど、一つ訊いていいか」

千里がうなずき、それを見てから、ぼくが言った。

「君のお袋さんは、君の姉さんを連れて今の親父さんと結婚した。そう聞いたけど」

千里がまた小さくうなずき、唇をすぼめて、しゅっとカフェ・オレをすり上げた。

「姉さんがアパートで一人暮らしをしてたのは、そのことと関係が？」

「あるって言えばあるし、ないって言えばないの。麗子ちゃんてなんでも自分一人で決めて、なんでも自分一人でやっちゃうところがあったの。そういうところがお父さんと合わなかったみたい。でも、仲が悪かったわけじゃないの」

「自分一人でって、たとえば」

「ブティックのこともそうだけど、たとえば、大学のことなんかも。お父さんはちゃんと四年制の大学へ行かせたかったの。でもうちのお父さん、心臓が悪くてね。今はそうでもないんだけど、麗子ちゃんが大学へ行く前にちょうど発作を起こして、お医者にいつまでもつかわからないなんて言われたの。それで麗子ちゃんは勝手に志望を変えて、短大なんか行っちゃって……あのときはお父さんも、怒ったなあ」

「ブティックのことは？」

「これもそう。麗子ちゃん、べつに見栄でブティックをやろうとしたんじゃないの。うち呉服屋でしょう？　でもお父さんが倒れたら仕事のこと、誰もわからないの。わたしや弟のこともあるし、だから麗子ちゃん、うちのお店をブティックにしようとしてたの。ブティックなら自分でもできるからって」

「川村……君の姉さん、そういう人に見えなかったけどな」

「誤解されやすかったの。見かけが、ねえ？　ああいう感じだったから」

カフェ・オレのカップを引き寄せ、その味を確かめてから、ぼくが言った。

「君が今言ったこと、自分でもわかってるよな。姉さんは自殺なんかするはずはないし、あんな事故を起こす性格でもない。つまり、君の姉さんは、誰かに殺されたってことだ」

千里の切れ長の目がきらりと光り、鼻の穴がふくらんで、その生意気そうな唇がぐっと前につき出された。

「具体的な心当たりが、あるのか」

「あったら警察に言ってる」

「警察が調べて、事故死と決まったわけだろう」

「警察が決めたことと、本当はどうなのかってことと、関係ないと思います」

　理屈ではそうだし、ぼく自身川村麗子の死に方に釈然としない気持ちはあるが、だからって
ぼくや千里に、なにができる。

「君は、要するに、おれになにを？」

「それは……本当いうと、自分でもよくわからない。でも斎木さんに、わたしと同じ気持ちでいてほしいの。父も母も親戚の人も、みんな麗子ちゃんのことを事故だったと思い込もうとしている。事故ということにして、早く忘れようとしてるの。でもわたし、ぜったい事故なんかじゃないと思う。あんな恰好わるい死に方、麗子ちゃんはしないと思う。お風呂の中で、裸で、お尻を上にして、それをみんなに見られて、写真まで撮られて……そんな死に方、麗子ちゃんがするはずないと思う。そういうことを誰かにわかっていてもらいたいの」

　その『誰か』が、なぜ『ぼく』であるのか。理由はともかく、千里の川村麗子に対する愛着とその死への疑問は、ぼくにも抵抗なく受け入れられる。あの川村麗子が、たしかに、そんな恰好わるい死に方をするはずはない。

「睡眠薬のこと……」と、思い出して、ぼくが訊いた。「君の姉さんは、前から飲んでいたのか」

　千里が顔をしかめ、片方の頰を歪めて、うーんと低い唸《うな》り声をあげた。

「わからない。聞いたことはなかったし、見たこともなかった。でも警察で調べたら、麗子ちゃんが自分でお医者からもらった薬だったと」

「彼女はいつから一人暮らしを？」

「去年の夏。八月から」

「君も泊まったりしたわけだろう」

「月に二、三回ね」

「最近では、いつ？」

「一月の末。泊まって、わたしが夕飯をつくってあげた」

「そのときはもちろん、姉さんは睡眠薬を飲まなかった」

「ビタミン剤だって飲まなかった」

「最初に死んでるのを発見したのは？」

「お母さん。お昼過ぎに会社から電話があったの。麗子ちゃん、無断で会社を休むなんてこと一度もなかったから、会社の人が心配して家に電話をくれたの。それでお母さんがアパートへ行って、それで……見つけたの。お母さん、あれからまいっちゃってね、今でもぼんやりしてる」

「アパートの鍵は？」

「中から閉まってたって。大家さんが近くにいて、その人呼んできて、合鍵を使って中へ入ったの」

「部屋の電気はついてたのかな」

「そこまでは聞かなかった。でも警察にはぜんぶ話してあると思う」

置いてあったカップを脚を組みながらとり上げ、一口飲んでから、千里が頬をふくらませて、ぷすっと息を吐いた。

「殺されたとなると、犯人がいるわけだよな」と、新しい煙草に火をつけてから、ぼくが言った。「君の姉さんが誰かに恨まれていた可能性は？」

「なかったと思う。なかったと思うけど……たとえば、斎木さんね、麗子ちゃんのことを恨んでいなかった？」

「どうして」

「だって麗子ちゃん、冷たかったでしょう」

「冷たかった。でも恨んではいない」

「どうして」

「川村には川村の好みがあったろうし、彼女の価値観や彼女の美意識があった。おれがその価値観や美意識に合わなかったとしても、それは君の姉さんが悪いわけではないし、たぶん、おれが悪いわけでもない」

「それは……斎木さんがそう考えるのは、常識があるからです。だけど世の中ってそういう人だけじゃないもの。世の中って、頭のおかしい人、けっこういるような気がする。麗子ちゃんのところへはいろんな人が、いろんなことを言ってきた。しつこい男の人もいたみたい。麗子ちゃんて、男の人に神経質なところがあったの、潔癖すぎるみたいな。だから必要以上に冷たく見えたの。それは誤解なんだけど、でも誤解してへんに相手を恨んだりする人、やっぱりいるんだと思う」

「具体的に心当たりが？」

「ない。聞かなかった。麗子ちゃんも言わなかった」

「つき合ってた男は？」

「特別な人はいなかったと思う。そういうところの勘、わたし自信がある」

「親友みたいな人は……」

「水谷小夜子《みずたにさよこ》さん。この人短大のときの友達で、お葬式にも東京から来てくれた」

「前橋では？」

「わたしが知ってるのは桑原智世さんと、野代亜矢子《のしろあやこ》さん。野代さんは中学でずっと同じクラスだったし、桑原さんは前女でも一緒になったことがあるって。あとは……前橋では特別親友みたいな人、いなかったんじゃないかな。麗子ちゃんて、人づきあいのいいほうじゃなかったから」

煙草が挟まったぼくの指先にちらっと流し目をくれ、一度瞬《まばた》きをしてから、千里が片方の頬を、ぷくっとふくらませた。

「煙草、わたしも吸っていいですか」

ぼくが煙草とライターを渡し、千里がそれをくわえて火をつけ、それから吸い込んだ煙をまるでしゃぼん玉でも吹くような口の形で、小さく吐き出した。

「君が言ってないことが、一つある」と、自分の指に挟まった火のついた煙草を、不思議そうな顔で眺めはじめた千里に、ぼくが言った。「たしかにおれは、昔君の姉さんを好きだったし、今度の死に方もおかしいと思う。君が探偵ごっこをしたいんならつき合ってもいい。だけど、なぜなんだろうな。探偵ごっこの相棒に、なぜおれを選んだ？」

自分の煙草の煙に自分で顔をしかめながら、千里がしゅっと鼻水をすすった。

「それは、わたし、図書館でずっと斎木さんのことを観察してたから」

「観察して、おれに探偵の素質があると見抜いたわけか」

「斎木さんなら、麗子ちゃんのこと、わかってくれると思った」

「おれも君の姉さんと同じに母親の連れ子だなんて、図書館で観察しただけでわかるのか」

「それは……」

「なんだ？」

「それは、だから、弟に聞いたの」

「弟？」

「さっき妹さんがいたでしょう。桜子っていうのよね。わたしの弟も中学三年なの。クラスはちがうらしいけど……」

千里がにやっと笑い、口を尖らせて、下からじっとぼくの顔を覗き込んだ。

「可笑《おか》しいと思わない？　うちの弟、斎木さんの妹に手紙を出したことがあるんだって。それでわたし、さっきじっくりあの子の顔を観察しちゃった。うちの弟じゃゲームにならないかもしれないけど、でも、ねえ？　こういうことって、やっぱり可笑しいですよねえ」

どこがどういうふうに『やっぱり可笑しい』のか、よくはわからなかったが、やはりそれはなんとなく『やっぱり可笑しい』ことらしかった。ぼくと川村麗子にそれぞれ妹と弟がいて、その二人が同年《おないどし》なら、中学で一緒になるのは当たり前のことだ。ただ可笑しいのは、今度は立場が逆で、川村麗子の弟の気持ちを桜子のほうが受けつけなかった。万物は流転《パンタレイ》するなどと大袈裟《おおげさ》なことはいわないが、それでもなにか、そこにちょっとした因縁があるといわれれば、そんな気もしなくはない。

「やっぱり、可笑しいかもしれないな。可笑しいかもしれないけど、君の弟はおれみたいに、いじけてその程度なら、可愛いもんですよ」

「いじけさせたくない」

「今日帰ったら、頑張るように言ってくれ。君の弟にはおれとしても、ぜひ頑張ってもらいたい」

「だいじょうぶですよ」

ぼくの顔を覗き込んだまま、鼻の穴をぷくっとふくらませて、千里が生意気そうにウインクをした。

「うちの弟、斎木さんみたいに不良はやってませんから」

＊

あと十分もすれば、あたりは一気に暗くなる。松林の上を利根川からの風が地鳴りのような音をたてて吹き渡っていく。街灯にも明かりがつきはじめ、来たときにはついていなかったピンク・ピッグの看板にも電気が入って、店からの明かりもアスファルトの上に白く流れ出していた。ぼくは千里が黄色い自転車で遠ざかっていく後ろ姿をしばらく見送ってから、風に逆らって家の方向に戻りはじめた。『なあ、桜子、おれだって、おまえと同じぐらい悲しいさ……』

しかし、たぶん、それは本当ではない。

ぼくが家に帰ると、もう通夜は始まっていて、門から塀の外へ呆《あき》れるぐらいの人が黙々と行列をつくっていた。『六時から始まる通夜』にやって来るのは近所の人と仕事関係の人たちぐらいだろうが、親父は交通安全協会だの市の青少年健全育成なんとかだの、訳のわからない『会』にけっこう首をつっ込んでいた。この意外に多い弔問客にはそのぶんの人たちも含まれている。

ぼくは人の波にまぎれて居間から家へ入り、やはり人の波にまぎれて祭壇のつくってある部屋に、そっと入っていった。ぼくのことなど誰も気にしなかったが、ただ姉貴だけは鋭く認めて、長い間ぼくの顔に一言ありそうな視線を送りつづけていた。姉貴ももう少し肩の力を抜けば、再婚して健全な結婚生活とやらもできるだろうに。

儀式としての通夜は、一時間で終わってくれた。このとんでもない季節にコートなしで庭と対面しているのは、いくら通夜のシステムだったにしても、躰には悪い。それでも七時過ぎには外してあったガラス戸を嵌《は》め込み、石油ストーブやら電気ストーブやらを持ち込んで、部屋にも一応冬の暖かみが戻ってきた。これから夜明けまで、親戚内での長い通夜がつづくのだ。

竹内常司《たけうちつねじ》が焼香にやって来たのは弔問客の足が途絶えた、八時ちょっと前だった。竹内は中学三年での同級生だったが、いったい竹内がなぜ親父の通夜にやって来たのか、ぼくには見当もつかなかった。それほど仲がよかった覚えもないし、だいいち中学を卒業して以来、竹内とは会ったことすらなかったのだ。もちろんだからって、焼香に来たものは追い返せない。

とりあえず焼香をしてもらい、どこにも居場所がなかったので、仕方なくぼくは竹内を台所へ連れていき、椅子に座らせて桜子にコーヒーをいれてもらった。竹内の髪はずっと風に吹かれたままの形になっていて、椅子に座ったあとも上唇ににじんだ鼻水を拭こうともしなかった。たしか竹内はどこかの、英文科に行ったはずだった。

鼻水をたらしたまま、のんびりした顔で居間の様子を眺めまわしている竹内に、ぼくが訊いた。

「今日のこと、よくわかったな」

「ああ……」と、焦点の不確かな目をぼくに向けて、竹内が言った。「最近俺、新聞の死亡欄を読むんが趣味でなあ。あれって注意して読むと、けっこう知ってるやつが死んでるんだ」

「親父を知ってたっけ」

「どうだったかなあ。だけど斎木の親父さんてことは、すぐわかった」

趣味と言われたら仕方はないが、しかし大学生の趣味として、これがそれほど上品な趣味なのだろうか。新聞の死亡欄を読むのが趣味で、通夜や葬式に顔を出すのも、趣味ということか。

「竹内、なにかで前橋に、帰ってたのか」

「しばらくいるんだ、去年から」

「去年って」

「去年の……十月だったかなあ。九月の末だったかなあ」

「学校は？」

「ちょっと、休んでる」

竹内はストレートで大学に受かったから、留年をしていなければ今は三年のはずだ。

「躰でもこわしたのか」

「そうなんだ。いや、そういうわけじゃないんだが、その、前橋の冬って、やっぱり寒いと思わないか」

もちろんぼくにだって竹内の様子がおかしいことぐらいは、最初からわかっている。だがどこがどういうふうにおかしいのかと言われると、返事のしようはない。

「冬って、年寄りにはきついんだよなあ」と、桜子のいれたコーヒーに珍しそうに目をやって、竹内が言った。「冬を乗り切ると、年寄りってだいたい一年はもつんだ。斎木の親父さんも、この冬を越せばあと一年はもったかもなあ」

「親父のはもう決まってたんだ。去年からわかってた」

「でも冬を越すとな、けっこうもっちまうんだ。これで四月んなると死亡欄の記事が半分になる。知ってたか」

「さあな」

「俺、図書館へ行って去年の新聞を調べてみた。一番はやっぱり二月だったな。二月って、人がたくさん死ぬんだよな。だから斎木の親父さんも、二月を越せば来年までもったかもなあ」

この議論にそれ以上深入りしたくなかったので、ぼくは煙草に火をつけ、コーヒーのカップをとって、しばらく煙草の煙とコーヒーを代わる代わる口に流し込んでいた。

「人が死ぬってこと、考えちまうんだよなあ」と、ぼくの努力には気づかず、また、竹内が言った。「最近俺、死についてよく考えるんだ。人が死ぬってこと、やっぱり大変なことだしなあ。生きてるやつには会えるけど、死んじまったら会えないんだものなあ」

よく考えてその程度の結論なら、ぼくには生まれたときからわかっている。

「コーヒー、飲めよ」と、ぼくが言った。

「鉄工場の倅で、桜井《さくらい》ってのがいたろう」

コーヒーにもぼくの気持ちにも、どうも竹内は興味をもっていないようだった。

「テニス部のやつか」と、ぼくが訊いた。

「そうじゃなくて、もう一人桜井ってのがいたじゃないか。背が低くて、いつもYシャツを裏返しに着てたやつ」

「覚えてないな」

「目立たなかったからなあ。やつなりには目立とうとしてたんだけど、やっぱり目立たなかったんだな。そいつな、去年死んだんだ。首つったんさ」

「いろんなやつがいるものな。そのときもYシャツを、裏返しに着てたのか」

「どうだかなあ、聞かなかったなあ」

やっとコーヒーを飲む気になったらしく、ジャンパーのポケットから手を出して、竹内が両方の掌でぎこちなくコーヒーのカップを包み込んだ。

「知りたければ調べてみるぜ」

「なにを」

「桜井が死んだとき、Yシャツを裏返しに着てたかどうか」

「べつに。知らなければいいさ」

「高校んとき一緒だったやつで……」と、コーヒーをすすってから、竹内が言った。「滝山《たきやま》ってのも死んだ。こいつは交通事故だったけどな。二十年も生きてると、知ってるやつがけっこう死ぬんだよなあ」

「川村麗子も死んだしな」

「あれは、川村さんは……そうなんだよなあ」

竹内が手の甲で鼻水を拭き、それをジャンパーの前でこすって、鼻水を拭いた手をもぞっとズボンのポケットにしまい込んだ。

「あれは、ショックだったなあ」

「通夜とか葬式とか、やっぱり行ったのか」

「行かなかった。あれは、行かなかった」

「どうして？　新聞にも出たろうよ」

「あのときは、躰の具合が悪かった」

「十月からこっちにいるんなら、会うぐらいは会ったろう」

「斎木……」

一度しまった手をまたポケットから出し、竹内がその手を髪の中につっ込んで、ばさっと上にかき上げた。

「このこと、内緒なんだけどな。俺、川村さんとつき合ってたんだ」

一瞬、ぼくの頭から言葉がなくなり、右の耳から左の耳に、ものすごい音の風がびゅーっと吹き抜けた。

「つき合ってたって、どういうふうに」

「男と女だもんなあ。つき合い方なんて、決まってるさ」

「いつから……」

「大学へ行ってから。高校んときも、たまには会ってたけどな」

川村麗子には川村麗子の好みがあって、価値観があって美意識があることはわかっているが、だからって竹内常司に関してはその事実を、素直に認める気にはならなかった。それを嫉妬《しっと》と言ってしまえば、それまでなのだろうが。

「前橋に帰ってきてからも、その、つき合ってたわけか」

鼻水をすすって、椅子の背に躰を引きながら、気だるそうに、竹内がにやっと笑った。

「いろいろあってなあ」

「いろいろって」

「男と女のことだもんな、一口には言えないさあ。でもやっぱり、あれだよなあ、川村さんが前橋に帰ってきて、みんな歯車が狂ったんだよなあ」

吸っていた煙草を灰皿でつぶし、ぼくはつづけて二本めの煙草に火をつけた。

「そのこと、川村の死と、関係があるのか」

「俺な……」と、ぼくの煙草に目を細めて、竹内が言った。「川村さん、もしかしたら、自殺じゃないかと思うんさ」

「自殺……へーえ」

「俺が悪いんさ。みんな俺のせいなんだ。俺、川村さんと結婚する気でいてさあ。向こうもそのつもりでいたはずなんだけど、いろんなことがみんなおかしくなってさあ」

「川村に男ができたとか」

「そうなんだよなあ。前橋に帰ってくりゃ、そうなることはわかってたのになあ」

竹内がぼくの煙草の箱にずっと手をのばし、勝手に一本を抜き出して、ぼくのライターで火をつけた。

「川村さん、中学んとき氏家に惚れてたの、知ってるか」と、自分で吐いた煙草の煙を透かして、竹内が言った。

「知らなかった」と、ぼくが答えた。

「惚れてたんさ。川村さんに聞いたわけじゃないけど、それぐらいわかるもんなあ。クラスの女子は氏家か斎木か、どっちかだったもんな。不良っぽいのが好きなやつは斎木、エリートっぽいのが好きなやつは氏家。なあ？　そんなこと、みんなわかってるんさあ」

「でも川村は、竹内を選んだ」

「そう思ってた。東京でつき合ってる間は、俺もそう思ってた。だけどそれ、東京にいる間だけだったんだよなあ。前橋では俺、やっぱり二番手なんだよなあ」

竹内が言う二番手とは、たぶん、中学での成績のことだろう。クラスでの一番は氏家孝一。竹内も氏家に迫ってはいたが、氏家を抜くことはできなかった。ぼくにとってはどうでもいいような問題でも、氏家や竹内のような秀才にはたかが五点十点などという言い方では、済まされないのかもしれなかった。そしてぼくは、忘れていたそのことを、このときになって初めて思い出した。それはぼくらが中学三年のとき学級委員だった四人が、今なぜか四人とも前橋に住んでいる、あるいは住んでいた、ということだ。クラスの委員長だったのが氏家孝一。副委員長が桑原智世。書記が竹内常司と川村麗子。この四人は当然、今ごろは東京で大学生活を送っていなければならないはずなのに。

「つまり、川村は前橋に帰ってきてから、氏家と？」

煙草のフィルターをくちゃくちゃくちゃっと噛んでから、ふーっと竹内が長い溜息をついた。

「川村さんの気持ち、わからなくはなかったけど、俺だってさあ、かんたんには諦められなかったしなあ」

「でも氏家は今、桑原智世と同棲してるって聞いたぞ」

「桑原さんのほうが熱あげてるだけさ。氏家だって、本当は川村さんのことが好きだったんだ。氏家、中学んとき俺にそう言ったことがある」

「竹内の考えすぎじゃないのか」

「考えすぎじゃ人は死なない。川村さん、死んじゃったんだもんなあ。ずっと別れ話がこじれてて、俺、どうしても別れるのがいやだったからさあ、死んでも別れないって言ったら、向こうが死んじまってさあ……俺が悪かったんだよなあ。川村さん、死んじまって、もう会えないんだもんなあ」

「自殺と決まったわけじゃない。一応は、事故死ってことになってる」

「俺にはわかるんさ。俺最近、人が死ぬのをずっと見てるから、人が死ぬときの気持ちってわかるんだ。川村さん、俺がどうしても別れないって言ったんで、そのことを苦にして薬を飲んだんだ。みんな俺のせいなんだよなあ。俺さえ前橋に帰ってこなけりゃ、川村さん、死ぬようなことなかったんだよなあ」

なんとなく釈然としないが、竹内がぼくの知っていた竹内と変わっていることは事実で、その原因が川村麗子とその死にあるとすることは、論理的にも無理ではない。しかしただの事故でさえ似合わない川村麗子に、別れ話がこじれての自殺なんて、もっと似合わない。

「竹内、十月からこっちにいて、毎日なにをしてるんだ」と、火のついた煙草をぼんやり眺めている竹内に、ぼくが訊いた。

「なにってこと、ないんだ」と、思い出したように煙草を灰皿でつぶして、竹内が答えた。

「最近俺、小説を書いてる。氏家が『青猫』って同人誌やってってな、こんどそれに発表しようと思うんだ」

「氏家はスナックもやってるんだってな」

「氏家のサロンみたいなやつさ。やつ東大三回おっこって、親と喧嘩して家とび出して、そしたら叔母さんて人があっさり金出してくれて……やつって、いつもそうなんだよなあ。日の当たる場所があって、俺もそっちへ行こうかなって思うと、もう氏家のほうがちゃんと先に行ってる。そういう感じなんだよなあ」

「そのスナック、どんなやつが集まるんだ」

「氏家のとり巻きさ。斎木の知ってるやつじゃ……伊達《だて》とか野代さんとか、あとは絵を描くやつとか詩を書くやつとか、そんなやつばっかり」

「野代って、いつも川村と一緒にいた、野代亜矢子？」

「一緒にいたのは中学までさ。彼女、高校は市女だったし、今は高崎《たかさき》の大学へ行ってる」

「それで川村も、そのスナックに？」

「たまには、な」

「竹内と川村の関係は、みんなも知ってたのか」

「知らなかった」

「どうして」

「川村さんに、内緒にしたいって言われたんだ」

「どうして」

「だから、やっぱり、いろいろあってさあ。氏家のことだってあるし、氏家も今は桑原さんと暮らしてるわけだし……いろいろな、面倒なことがあったんさ。川村さん、そういう面倒なことが我慢できなくなったんだ。みんな俺が悪かったんだけどなあ」

竹内はそこでまた黙ってぼくの煙草に手をのばし、一本に火をつけて、残った煙草を今度は勝手にジャンパーのポケットにしまい込んだ。

「躰の具合、だいじょうぶなのか」と、ぼくが訊いた。

「べつに、ちょっと、寒いだけなんだ。さっきからずっと外に立ってたから」

「ずっとって」

「五時からずっと外に？」

「ずっと、五時ごろから」

「暇だったんだ。でも今日の通夜、いい通夜だったよなあ。通夜とか葬式とかって、やっぱり人がたくさん来てくれないとなあ。人がたくさん来て、みんなが悲しんでくれないとさあ、本人も死んだ気にならないもんなあ」

感慨深そうな顔でていねいに煙草をつぶし、溜息を一つついて、竹内がゆっくりと腰を上げた。ポケットにしまったぼくの煙草は返す気にはならないらしく、ぼくもそのことには触れなかった。

「竹内……」と、玄関のほうに歩きだした竹内に、椅子に座ったまま、ぼくが声をかけた。

「小説って、どんなのを書いてるんだ」

立ち止まって、ふり返り、鼻の下の無精髭《ぶしょうひげ》を掌でこすってから、照れたように竹内が笑った。

「本当いうと、まだプロットだけなんだけど、なんていうか、一種の私小説なんだ。テーマは、不毛な人生において愛だけが意味をもちえるか……まあ、そういう感じのやつだ」

竹内はそこで一度だけぼくに手をふり、あとはもうふり返らずに、玄関へ向かって悠然と歩いていった。ぼくは居間との境に竹内の姿が見えなくなってから、コーヒーカップを引き寄せ、底に残って冷たくなっていたコーヒーを、一口ずるっとすすり上げた。

「不毛な人生において愛だけが意味をもちえるか……」

口に出して言ってはみたが、背中のあたりが恥ずかしくなっただけで、その台詞《せりふ》を真剣に考える気にもならなかった。人生が不毛なら、愛だって不毛に決まっている。しかし竹内は、いったいなにをしに、ぼくの家へやって来たのだろう。

3

塀に並んだ何十本もの花輪が朝日を受けて激しく光っている。風景との調和をいっさい無視した金銀の配色は、一種不気味ではあるが、なんとなくエキゾチックな感じがしなくもない。

近くの家からはクルマのアイドリングの音が聞こえ、コートとマフラーの中学生が自転車で通っていき、朝の早い雀が塀にとまって子育て問題かなにかを話し合っている。風がなくて、光だけが強くて、気温のわりにはすべての風景が緩慢《かんまん》な穏やかさに包まれている。しかし午後から風になることは、前橋の人間なら誰でも知っている。

八時を過ぎたころ、もう葬儀屋はやって来た。花輪と生花を斎場に移して葬式の準備をするのだという。そして九時には、市の斎場から棺桶を運ぶためのマイクロバスもやって来た。それはぼくの思っていた、あの神社の屋根のようなものがついた霊柩車ではなかったが、そのことに失望したのはたぶんぼく一人だけだった。川村麗子もこんな青鼠色のマイクロバスで、まるで少年院にでも護送されるように火葬場まで運搬されたのか。

ぼくとお袋と桜子が親父と一緒にマイクロバスへ乗り、伯父さんたちもそれぞれのクルマを連ねて、ぼくたちは焼き場と葬儀場を兼ねた市の斎場に出発した。出発の前にぼくと姉貴の間で一悶着《ひともんちゃく》あったことを知っているのは、ぼくと姉貴の二人だけだった。問題は帰りのクルマだったが、そのために姉貴は自分で自分のクルマを運転していくと主張し、ぼくはぼくで、やはり同じ主張をした。ぼくには姉貴の気持ちはわかっていたし、姉貴にだってぼくの気持ちはわかっていた。だからぼくが姉貴に負けて、親父と一緒にマイクロバスに乗った理由は、論理的に姉貴が正しかったからではなく、ぼくが朝までウイスキーを飲みつづけていた事実を姉貴が強硬に指摘したせいだった。

人によって価値観はちがうが、会葬者さえ多ければいい葬式だというのなら、十時から始まった親父の葬式はかなり『いい葬式』だった。商売がら葬儀委員長は土建屋で市会議員の和田《わだ》なんとかという人がやってくれ、知事やら代議士やらからは弔電が届くし、焼香の列も坊さんがお経を読み終わったあとでさえ、大斎場の後ろの壁にまで延々とつづいていた。その間ぼくは四歳のときに体験したはずの、前の親父の葬式を思い出そうと努力していた。だが思い出せたのは喪服を着てハンカチで顔を押さえたお袋の姿だけで、葬式そのものの情景は最後まで浮かばなかった。葬式をやらなかったはずもないから、『父親の死』ということ自体、四歳の子供にとっては記憶に残るほどの印象もなかったのだろう。それともぼく自身が、そのころからもうじゅうぶんに、薄情だったということか。

葬式そのものは一時間で終わり、火葬もふくめて、すべての行事はみごと十二時前に終了した。そのあとは場所を鮨屋《すしや》に移しての精進落としがあったが、出席したのは親戚やら親父の親友やらの五十人ほどだった。ぼくと桜子は最後まで途方に暮れていたが、考えてみればその途方に暮れることが今日の、ぼくと桜子の仕事だった。最初の日に「あんたらの仕事は神妙な顔で仏さんのそばにいるだけ」と言ったお袋の予言は、経験に裏打ちされた分析だったのだ。亭主の葬式を二回も出すということになれば、さすがにキャリアがちがう。

ぼくらが精進落としから帰ってきたのは、二時をちょっと過ぎたころだった。家の中は町内会のおばさんたちが片づけてくれていたが、家具の移動はぼくの仕事だった。ぼくは喪服をふだん着に着がえてすぐ労働にとりかかり、ぼくの部屋に押し込んであった家具や置き物を居間とお袋の部屋に戻して、とにかく自分の部屋だけは元の形に復元させてやった。一週間も前橋にいるとすれば、ベッドぐらいは自分のものを使いたい。

ベッドに布団乾燥機をセットして居間に下りていったぼくを迎えたのは、お袋と姉貴と桜子の、呆《あき》れたような感激したような、妙に冷たい視線だった。三人ともぼくの奮闘はちゃんと目撃していたはずなのに、誰一人として助力を申し出てはいなかった。三人はそれぞれに着がえを済ませており、それぞれの前にコーヒーカップを置いて、風の音に耳を澄ますような顔でコの字形に向かい合っていた。その形は一昨日《おととい》の夜ぼくが風呂から出てきたときと同じものだったが、ただ風景としてちがっていたのは、座卓が電気炬燵《こたつ》にかわっていることと、床の間に白い布で包まれた親父が骨壺《こつつぼ》として存在することだった。

「妙に働くじゃないか、え？　亮ちゃん」と、半分欠伸《あくび》をしながら、はっきりといや味に聞こえる声で、姉貴が言った。「葬式が終わって、急に元気が出たらしいね」

「酔いが冷めただけさ。それにちょっとだけ、家族愛にも目覚めた」

「おにいちゃん、コーヒー飲む？」と、桜子が訊いてきた。

ぼくは首を横にふり、黙って、空いている姉貴の向かいに腰を下ろした。

「とにかくご苦労だったよ」と、こめかみのあたりを指で押さえながら、お袋が言った。「今日だけはとにかく、みんなゆっくり休んでおくれな」

「お墓はやっぱり赤城の霊園？」と、姉貴がお袋に訊いた。

「二、三日うちには決まるよ。和田さんのほうから手を回してもらうことにした」

自分で自分の肩を叩《たた》いてから、一つ伸びをして、お袋が面倒臭そうに姉貴へ顔を向けた。

「香典、けっきょくどれぐらいになったね」

「五百万ちょっと。一番多いのは和田さんの十万円。あとは五千円から五万円まで」

「和田さんは別にして、香典返し、三段階ぐらいで考えなくちゃねえ。そっちのほう、悦子がやってくれるかい」

「たとえば？」

「紅牡丹で見つくろってもいいけど……あそこの娘、高校が一緒だったの」

「タオルとか瀬戸物とか、そういうありきたりのもんじゃないやつがいいねえ」

「たとえばってことはないけど、先方様がへええっていうようなやつ」

「タオルでいいさ」と、よけいなことは承知で、ぼくが口をはさんだ。「タオルに『へええ』って書いておけばいい」

「あたしは仕事関係をまわるから……」と、ぼくを無視して、お袋が姉貴に言った。「あと始末、悦子のほうでやっておくれな。手が足らなければ亮に手伝わせればいいよ」

「おれがなにを手伝うのさ」

今度はやっとぼくのほうに視線を巡らし、眠そうな目で、お袋がふんと鼻を鳴らした。

「雑用のぜんぶ。それが人間としての義務なんだよ。家族愛に目覚めた青年にとっちゃ、ちょっとばかし役不足かもしれないけどねえ」

炬燵からゆっくり足を抜き、布団を元に戻して、ぼくが姉貴に言った。

「姉さん、クルマ借りていいかな」

「利根川にでも飛び込むの」

「人間としての義務を思い出した」

「家族愛のほうも忘れてもらいたくないわねえ」

ハンドバッグを引き寄せ、とり出したシルビアのキーをぼくに放って、姉貴がわざとらしく大欠伸をしてみせた。

ぼくは姉貴に向かって三度ほどうなずき、口を曲げている桜子の頭に手をのせてから、ほとんど忍び足で居間を抜け出した。そんなことはないとは思うが、なんとなく、なぜか三人の視線が最後まで、じいーっとぼくの背中に貼りついている感じだった。三人が肩を寄せあっていれば、核戦争が起こってもこの家族は生き延びる。

*

群馬県警察本部は県庁と同じ敷地内にある。ぼくは県庁にだって無縁に生きてきたし、警察本部なんてところにも、来たことはない。だいいち誠三《せいぞう》叔父さん以外でぼくが警官と口をきいたのは、クルマの運転免許をとったときと、大阪へ行って交番で道を訊いたときの、たったの二回だけだった。これからの人生においても警察と関わろうなどという野望は、もっていない。ただ今回だけは、ぼくの美意識にもちょっとだけ目をつぶらせるつもりだった。それは人間としての義務感に燃えたからではなく、川村麗子の青春とぼく自身の青春に対する、ただの感傷だった。

指定された駐車場にクルマを停め、石造りの庁舎の前を通って、ぼくは案内板どおりに〈群馬県警察本部〉と書かれたコンクリートの建物へ入っていった。受付けの女の人に、誠三叔父さんの名前を厚生課の「片桐《かたぎり》さん」と言ったときだけ、ほんの少し、ぼくの心にも動揺らしきものがあった。片桐というのはぼくが五歳まで使っていた名前で、その音の響きはちゃんとぼくの人生に焼きついている。

女の人に教えられたとおり階段を二階へ上がっていくと、誠三叔父さんはもう廊下に出てぼくを待っていてくれた。会うのは三年ぶりだったが、この叔父さんに会うと、ぼくはいつも妙な懐かしさを味わう。

「ご無沙汰してました」

「元不良少年が警察署の見学かや」

「ちょっと、相談があるんです」

「まあいいやな。コーヒー飲むべえコーヒー」

誠三叔父さんがサンダルを引きずってコンクリートの廊下を歩きだし、その後ろについて、ぼくも来た方向に歩きだした。叔父さんの後ろ姿はまるで太ったお地蔵様のようで、脚は衝撃的に短く、替え上着の裾《すそ》からは腹まわりと同じ太さの尻が気の毒なほどにはみ出していた。誠三叔父さんを『厚生課』とかいう日の当たらない部署に押し込んでおくのも、警察としてはそれなりの思想があってのことだろう。

誠三叔父さんがぼくを連れていったのは、階段をもう一つ上がった、西側の窓に利根川が見渡せるだだっ広い食堂のような場所だった。叔父さんはその窓際にぼくを座らせ、自分でカウンターへ歩いていって、そこからプラスチックの盆にコーヒーを二つのせて戻ってきた。

「義姉《ねえ》さんから電話はもらったけどよう」と、テーブルの砂糖壺をひったくるように引き寄せながら、誠三叔父さんが言った。「俺が顔出すんもナンだからと思って、そいで失礼しちまったんさあ。葬式、終わったんかや」

「正午《ひる》前に」と、ぼくが答えた。

「斎木さんの葬式っていや、けっこう派手だったんべえなあ」

一人で勝手にうなずき、誠三叔父さんが山盛り三杯の砂糖を入れて、そのカップをスプーンでしつこく掻きまわしはじめた。

「で、義姉さん元気かや」

「仕事のほうで気がまぎれてるらしい」

「そうだいなあ。義姉さんも運がねえっていや運がねえけど、仕事に関しては間違いねえだんべえよ……気丈な人だしなあ」

「叔父さんは変わりない?」

「見たとおりよ。去年下大島に家を建ったけどな」

「知らなかった」

「今度遊びに来いや。狭《せめ》え家だけどよう、あと二年で定年だんべ？　どっちみち警察官舎は出なきゃなんねんさ。そいで退職金を前借りして建っちまったんよ。かあちゃんも働いてるしなあ」

「おばさんも元気なんだ？」

「元気どころかおめえ、ユンケル飲んだ山婆《やまんば》みてえなもんよ。ずっとパッチワークとかってのやってたんべ？　あれでもう先生なんだと。そいでバイクん乗って一年中すっとび歩いてらあ。俺にあれだけの馬力がありゃあなあ、本部長にだってなれたんべになあ」

ずるっとコーヒーを飲み、ぴちゃぴちゃっと舌を鳴らしてから、上着のポケットから煙草をとり出して、誠三叔父さんが火をつけた。

「ところでりょう坊、おめえ大学入《へえ》ったんだと？」

「去年、やっと」

「やっとでも去年でも、大学なんぞ入《へえ》っちまえばこっちのもんさあ。死んだ兄貴もほっとしてるだんべえなあ……そいで、なんつう大学なん？」

「サンリオ」

「サンリオ……新しい大学かや」

「まあ、ね」

「そうだんべえなあ。おめえの頭じゃ有名なとこは無理だんべえなあ。そいでもものは考えようでなあ、サンリオでもなんでも、刑務所へ入るよりゃずっといいやな、なあ？　一時《いっとき》は義姉さんも心配《しんぺえ》したもんなあ。ヤクザんなる前に警官にしちまえねえかって、俺んとこへも相談に来たっけか」

「叔父さんがよく夕飯奢《おご》ってくれた、あのころ?」

「そうよ。おめえが高校おっこってぶらぶらしてた、あのころよ」

「やっぱりね、そんな気はしてた」

「俺は心配《しんぺえ》なんかしてなかったけどな」と、ぼくの頭の上に煙草の煙を吐いて、誠三叔父さんが言った。「りょう坊が本気でぐれてるわけじゃねえことぐれえ、この商売やってりゃすぐわかったさあ。だけど親ってのは心配するからなあ、おめえの場合は事情もあったし……」

過ぎてみればつまらない事情でも、過ぎてみなければ、やはりそのことのつまらなさはわからない。

コーヒーを飲み、煙草に火をつけてから、ぼくが言った。

「叔父さんに相談があるんだ。ちょっとへんなことだけど」

「斎木の家のことじゃ、俺には口出しできねえなあ」

「そうじゃなくて、友達が死んだ話」

誠三叔父さんが肉の厚い目蓋《まぶた》をぴくっともち上げ、吸っていた煙草の火をアルミの灰皿に、強く押しつけた。

「十日ぐらい前、中学のときの友達が死んだんだ。アパートの風呂場で溺れたと……知ってた?」

「どうだったかなあ」

「新聞には事故死の可能性が高いと出ていて、その子の妹に訊いたら、警察も正式に事故死と断定したっていうんだ。その事件のこと、叔父さんに訊けないかと思ってさ」

「その新聞って、いつの新聞だや」

「たしか、八日」

喉《のど》からなにか音を出し、椅子を軋《きし》らせて、誠三叔父さんがもこもこっと立ち上がった。それから叔父さんはサンダルを引きずって歩きだし、食堂の入り口のところまで行って、そこに掛かっていた新聞の綴込《とじこ》みを持ってまたぼくの向かいに戻ってきた。

しばらく黙って新聞をめくってから、新しい煙草に火をつけて、誠三叔父さんがぼくのほうへ顔を上げた。

「りょう坊の友達かや。若《わけ》えのに可哀そうになあ、べっぴんさんだったんべによう」

「なんとなく、おれ、おかしい気がするんだ」

「どこがよ」

「だから、なんとなく。その子、そういう死に方が似合う子じゃなかったから」

「死に方に似合うとか似合わねえとか、そんな話、聞いたことねえやいなあ」

「その子の妹もおかしいって言ってる」

「だけどよう、警察でちゃんと調べたんだんべ?」

「だからね……」と、手をのばして、煙草を灰皿につぶしながら、ぼくが言った。「それをね、叔父さんに訊こうと思ったんだ」

誠三叔父さんの煙草が口に運ばれ、先端《せんたん》の火種が何度か、気難しそうにゆっくりと息をした。

「要するに、おめえ、なにが言いてえんだや」

「気になるから、気にならないようにしたいだけ」

「事故死じゃねえって言いてえわけか」

「少なくとも、そういうばかばかしい事故死ではないと思う」

「警察が調べて、警察が判断したことをかよう」

「叔父さんには悪いけど、おれ、警察って信用してないんだ。警察が信用できるんなら叔父さんだって、本部長になってるはずだしね」

火を消した煙草のフィルターを前歯でくちゃくちゃっと嚙んでから、鼻の穴をひろげて、誠三叔父さんが止めていた息をぐあーっと吐き出した。

「さすが大学へ行っただけのことはあらあ。言うことがハイセンスっつう感じだいなあ。それで俺に、どうしろってよ」

「たとえばね、この事件、一応公表は事故死にしておいて、本当は裏でちゃんと捜査をしてるとか、そういうこともありえるわけだろう」

「場合によっちゃ、まあなあ」

「もしそうなら、それでいいんだ。でも本当に捜査を打ち切っているんなら、おれ個人として知りたいことがある。頼めるのは叔父さんだけなんだ」

誠三叔父さんが低く唸《うな》りながら新聞に視線を戻していき、そこで紙面を見つめたまま、ぽっちゃりと肉のついた掌《てのひら》で顔をべろっと一拭きした。

「川本町のアパートっていや、北署の管轄だがよう……」と、新聞を見つめたまま、一人言のように、誠三叔父さんが言った。「変死ってことだんべえから、一応県警の一課も動いてらいなあ。鑑識も出張《でば》ったんべえし」

「記録はあるんだろう」

「あるにゃあるが、警察ってのはけっこう縄張りがうるせえとこだからよう、やたらなことにゃ口は出せねえしなあ」

「叔父さんも昔殺人課にいたことがあるって、お袋に聞いたことがある」

「殺人課なんてのはねえさ。ありゃあテレビやマンガだけの話……だけどりょう坊、この川村麗子って女の子、おめえのなんなんだや」

「だから、中学のときの、友達さ」

「ただの友達じゃねえだんべえ」

「ただの友達さ」

「ただの友達のことで、どうしておめえが向きんなるんだや」

「向きになんか、なってないさ。社会正義の問題さ」

「おめえがか？　社会正義？　へええ」

誠三叔父さんが見えているのかどうか疑いたくなるような細い目で、じろりとぼくの顔を眺め、それから窓のほうを向いて、あとは一分ぐらいまばらな顎鬚《あごひげ》を黙ってさすりつづけた。

「まあいいか……」と、ぴしゃりと自分の頰を叩き、もう一度ぼくの顔をじろりと見てから、誠三叔父さんがゆっくりと立ち上がった。「若《わけ》えやっにちょいと先輩風を吹かせてみるか……りょう坊が惚《ほ》れた子が死んだとあっちゃ、放っとくわけにもいかねえだんべえしよう」

誠三叔父さんが目だけでぼくに、待っているようにと合図をし、新聞の綴込みを摑《つか》み上げて、またサンダルをずるずると出入り口へ引きずっていった。さっきは不細工なお地蔵様だった誠三叔父さんの後ろ姿も、このときはもう金粉を塗られてたった今天から舞い降りた、観音様のようだった。観音様にしてはもちろん、尻のふり方がちょっとばかり、異様ではあったが。

誠三叔父さんは三十分で戻ってきた。その間ぼくは煙草を二本吸い、コーヒーを一杯おかわりしていた。

「日本の警察も終わりだいなあ」と、うんざりしたような顔で元の椅子に座りながら、誠三叔父さんが言った。叔父さんの腋の下には青い表紙の、たいして厚くもないバインダーが挟まれていた。

「情報がこうかんたんに漏れたんじゃあよう、そのうちこそ泥も捕まらなくなるあな」

誠三叔父さんは青いバインダーを膝の上に移し、それから果敢《かかん》にも脚を組んで、スチールの椅子に深くふん反り返った。

「さすがに、おめえに見せるわけにゃいかねえけどよう、訊かれりゃ答えるぐれえの義理は果たそうじゃねえか、え？」

「その中になにが入ってるのさ」と、テーブル越しにバインダーを眺めながら、ぼくが訊いた。

「係の刑事が書いた報告書。あと、現場写真やら鑑識結果やら……」

「現場写真って、やっぱり、彼女が写ってるやつ？」

「まあ、なあ」

誠三叔父さんが顔を歪《ゆが》め、小さくて肉づきのいい耳を、ぴくっと震わせた。

「たしかに、まあ、惚れた女がこういう死に方じゃ、おめえとしても気がおさまるめえなあ」

「見せてくれないかな」

「ばか言いやがれ」

「彼女の最後の姿、見たいんだ」

「見せられねえって言ったんべえな。それによう、たとえ見せられたとしてもよう、これだけは見ねえほうがいいんだ。この子とりょう坊がどういうつき合いだったかは知らねえけど、思い出ってやつはよう、やっぱし最後まで奇麗にとっとくもんだんべえよ」

川村千里の説明でだいたいの想像はついたが、誠三叔父さんがそこまで言うからには、やはりそれはそれなりの死に様《ざま》なのだろう。湯船の中で、裸で、尻を上にして。それが川村麗子の死に方でないとすれば、いったい誰の死に方なのか。

「事故死と断定した決め手っていうの、なんだったの」と、無理やり頭の回路を切りかえて、ぼくが訊いた。

「そいつがよう、一種の消去法なんだいなあ。自殺でも他殺でもねえから事故死。そういう感じよ」

「かんたんなんだな」

「現実にはよう、殺人なんてものはそう年中あるもんじゃねえさ。たとえあったとしても、計画的に自殺や事故死に見せかけたやつなんぞ、めったにあるもんじゃねえわけよ」

「だからって事故死にしちゃうのも、無茶だろう」

「俺に言わせりゃ、無理やり殺人《ころし》にもっていくほうがずっと無茶だあな」

「おれはただ、納得したいだけさ」

誠三叔父さんとの殺人論議はとりあえず切り上げるとして、ぼくはまず、ぼくの中にわだかまっている疑問点の整理をしなくてはならなかった。ぼくだってべつに川村麗子の死を、殺人事件と決めているわけではないのだ。

「睡眠薬のことだけど……」と、バインダーの資料を目で追っている誠三叔父さんに、ぼくが訊いた。「川村麗子が飲んでいた睡眠薬って、なんだったの。彼女の妹、そんなものを飲んでるのは見たことがないって言うし、だいいち睡眠薬って、かんたんに手に入るわけ」

「解剖所見では……」と、ファイルを睨《にら》みつけて、誠三叔父さんが言った。「体内から検出された薬物は、ええと、ベンゾジアゼピン誘導体系の睡眠薬で、これは開業医において一般的な不眠症患者に対して投与されるもの……と。まあ、そういうこったな。報告書でも二月三日にこの川村麗子が自分で医者からもらったとなってる。睡眠薬ぐれえ、俺だってたまには医者からもらうことがあるからよう、この子もなんか寝らんねえことがあったんだんべえな」

「解剖所見っていうの、他には？」

「死亡推定時刻は二月六日午後十一時の前後一時間。死因は肺に水が入っての窒息死。頭部右前方に軽い打撲傷が認められるが、死因との関連性はなし。その他暴行等の痕跡も認められず……つまりこの、解剖をした医者の見解ではよう、睡眠薬を飲んで風呂に入ったこの子が、目《め》眩《まい》かなんかで倒れたとき、浴槽の角に頭をぶつけて脳しんとうとか起こしてな、そのまま湯船ん中にひっくり返っちまったんじゃねえかってことだ。運が悪《わり》いっていや運が悪いけど、事故なんてみんな運が悪いから起こるんだしなあ」

「睡眠薬なんか飲んで風呂に入るの、運の問題じゃないと思うけどな」

「それぐれえは警察だって調べてらあな。薬が入ってた医者の袋には、就寝の一時間前に服用って書いてあってな、そういうふうに指示したっていう医者の証言もある。つまりよう、この子が、風呂から出たころにちょうど眠くなるようにって思えば、風呂へ入る前に薬を飲んだってちっとも不思議じゃねえわけよ。実際そういうふうに考えたんだんべえな」

自分では睡眠薬なんて飲んだことはないし、飲んでる人間も知らない。ただ誠三叔父さんでさえ飲むことがあるというのなら、川村麗子が風呂へ入る前に飲んだとしてもそれを疑問とするほどには、不自然でもないのか。しかし千里は姉の川村麗子に関して、薬に対しては神経質なタイプであり、ビタミン剤すら飲まなかった、と言ったのではなかったか。

「現場の状況なんだけど……」と、椅子にふん反り返ったまま資料に目を通している誠三叔父さんに、ぼくが訊いた。「なにか変わった様子はなかったの？　争った跡とか、人がいた気配とか」

「奇麗なもんだったらしいぜ」と、ファイルから顔を上げずに、誠三叔父さんが言った。「部屋も台所も、奇麗に片づいてたとよう。慣れた刑事ってのは現場の様子を一目見りゃ、事件についてだいたいの見当はつくもんなんよ。ベッドの上にはパジャマや下着がたたんで置いてあったし、風呂へ入る前に着ていたらしいジーンズとセーターもちゃんとたたまれていた」

「着ていた下着は？」

「着ていた下着は……ええと、洗濯機の中だったとよ。洗濯機の脱水槽の上にはバスタオルもたたんで置いてあった。つまりよう……」

「パジャマも用意して、着ていた物も始末して、風呂から出たあとはバスタオルも使うつもりだった。まず自殺ではありえない、ね？」

「そういうこった」

「外から人が侵入した様子は？」

「部屋のドアは内側から鍵がかかってた。この鍵ってのは内外《うちそと》一緒のやつじゃなくて、内側だけのやつ」

「窓は？」

「窓の鍵は、かかってなかった」

「かかってなかったの？」

誠三叔父さんがふんと鼻を鳴らし、肩でもこったのか、自分の拳でとんとんと首の横を叩いた。

「だけどおめえ、この子の部屋、二階なんだぜ。二階の部屋なら窓に鍵なんかかけねえことだってあるし、鑑識だってそのへんは抜かりはねえさ。侵入者があったかどうか、徹底的に調べたあな。土くれ一つ落ちてたって見逃すわきゃねえや。六日も七日も、雨はふってねえしなあ」

「当然、部屋の電気はついていたんだろうね」

「当然な」

「テレビは？」

「消してあった」

「ストーブは？」

「消してあった」

「炬燵は？」

「消してあった」

「風呂の火は？」

「消してあった……おめえなあ」

誠三叔父さんがちらっと視線を上げ、うんざりしたような顔で、下唇をぐっとぼくのほうにつき出した。

「おめえがシャーロック・ホームズの真似をすることに文句は言わねえけど、日本の警察ってのはよう、素人の口出しが必要なほど人材が不足してるわけじゃねえんだ。たとえば俺がこの事件の担当だったとしてもな、こいつはやっぱり、偶然の事故だと思うだんべえなあ」

「叔父さんもやっぱり、プロだもんね」と、上着からつき出した誠三叔父さんの腹のあたりを眺めながら、ぼくが言った。「だけどプロだからこそ間違うってこと、あると思うんだ」

「どういうこった？」

「意味はないけど、そういうこともあるかもしれないって、ただ思っただけ。たとえばさっき、叔父さん、慣れた刑事なら現場を一目見ただけで事件の見当がつくと言ったろう。おれだってそういうもんだろうとは思うさ。だけど逆に、慣れてるぶんだけ、最初の先入観に囚《とら》われることもあるんじゃないかな。素人ならおかしいと思うことを、逆におかしいと思わないような……」

「たとえば？」

「たとえば、部屋の中が奇麗に片づいていた。パジャマもバスタオルも用意してあった。争った形跡もないし暴行を受けた跡もない。たぶんアパートの他の住人に聞き込みもして、六日の午後十一時前後、妙なもの音や怪しい人間なんか、そういうのがなかったことも確かめてあるんだと思う。おれだってべつに、この事件がただの事故じゃないと言ってるわけじゃないんだ。ただだね、ちょっとさ、おかしいなって思うことはある。本当言うとおれ、最近の川村麗子のことは知らないんだ。ただ部屋の様子や片づけ方からすると、かなり奇麗好きで、几帳面で、いろんなことに用心深かったんじゃないかと思う。そんな彼女が窓に鍵をかけなかったなんてこと、ありえるだろうか」

「そりゃおめえ、だから……」

「二階だったからだよね。それはいいんだ。たぶん寝る前にはかけていたのかもしれないし。だけどストーブや炬燵、なぜ切ったのかな。風呂なんてせいぜい十分か二十分、長くても三十分だよね。冬の一番寒い時期に、風呂から出たあとの部屋を寒くしておく人間なんか、いると思う？　たとえば川村がふつうの人よりずっと用心深くて、たとえば……風呂に入ってる間の地震やなにかを心配してストーブや炬燵を切っておいた。それもいいんだ。そういうこともありえると思う。だけど逆に、彼女が本当にそこまで用心深い性格だったら、窓の鍵はかけておくんじゃないかな。素人が理屈で考えるとさ、やっぱり、そうなる」

誠三叔父さんがふん反り返ったまま短い腕を組み、足を貧乏ゆすりさせて、苦しそうに一つ溜息《ためいき》をついた。

「そりゃおめえ、なんつうか、屁理屈ってやつだんべえや」

「たぶんね。たぶん、そうだとは思うけど、事故じゃないという立場からでも理屈は成り立つ……そういうことじゃないかな」

ぼくはすっかり冷たくなっているコーヒーで口を湿らせ、新しい煙草に火をつけて、誠三叔父さんのほうへちょっと身を乗り出した。

「その報告書に竹内常司って名前、載ってる？」

ファイルにざっと目を通し、あまり機嫌のよくなさそうな顔で、誠三叔父さんが黙って首を横にふった。

「そいつ、中学のときの同級生で、川村とつき合ってたと言うんだ……もちろん男と女の関係で。最近別れ話が出て、彼女はそれを苦にして自殺をしたと。そういう可能性が、いくらかでもあるのかな」

「これにはなにも書いてねえ」と、自分でも煙草に火をつけて、誠三叔父さんが言った。「家族。会社の同僚。友達。みんな聞き取りはやってあるがよう、竹内なんて名前は出てねえし、川村麗子って子がそういうトラブルに巻き込まれてた話も出てねえ。おめえ、その話は誰から聞いたんだや」

「竹内本人から。二人の関係は竹内と彼女だけの秘密だとも言ってた」

「どうしてよ」

「川村に好きな男ができて、そいつは他の女の子と同棲してて、いろいろ事情がこみいってるからって」

「事情なんぞ、こみいりゃあこみいるほど他の人間に知れるもんだがなあ。とにかく報告書にあるかぎり、この川村麗子って子は男女間のトラブルを抱えてなかったし、それ以外にも自殺するような問題はもっちゃいなかった。常識的に考えりゃこいつはやっぱりただの事故死で、そいでこの事件を常識的に考えちゃいけねえ理由ってのも、やっぱりどこにもねえ。なありょう坊、こいつばっかりはおめえの考えすぎじゃねえのか。それとも特別、常識的に考えちゃいけねえ訳でもあるってかや。ええ？　りょう坊よう」

　ぼくが黙って三回ほど煙草を吸い、その間誠三叔父さんはずっと『ええ？』という目でぼくの顔を覗きつづけ、そうやってぼくらは二十秒ぐらい、殺風景な警察食堂の片隅でお互いに喜劇的な沈黙をつづけていた。

「あるっていえば、ある」と、煙草を灰皿でつぶしてから、一つ息をついて、ぼくが言った。

「なにがよ」

「この事件を常識的に考えてはいけない理由」

　誠三叔父さんの返事を待たないで、ぼくが言った。

「おれは昔、常識では考えられないぐらい彼女のことが好きだった。彼女は常識では考えられないぐらい奇麗だったし、死んだ二月六日もたぶん、常識では考えられないぐらい奇麗なはずだった」

＊

　つい一か月前は四時半でも暗くなりはじめたのに、今は西の空を見てもその気配がない。いくら寒くても確実に日が長くなっていく事実を目で確かめると、春への予感で気持ちの中に妙な安心感が生まれる。利根川の対岸は今日も夕焼けで、駐車場のアスファルトに強い風が小さな紙屑《かみくず》を飛ばしていく。

電話に出たのは、声の感じからして、たぶん桜子と同窓だという千里の弟だった。

ぼくが名前を言った瞬間の、相手の息を呑む音がなんとなくおかしくて、つい、ぼくが訊いた。

「君、千里さんの弟さん？」

「はい」

「うちの妹と同窓なんだって？」

「はい」

「高校はどこへ？」

「あの、一応、前橋高校」

「受かりそうか」

「はい……一応」

「いろいろ君も大変だろうな」

「はい……一応」

「とにかく頑張ってくれよな。おれも応援してる」

「はい」

「姉さん、帰ってる？」

「はい……あの、ちょっと待ってください」

電話の向こうでごそごそ音がし、待つまでもなくぼくの耳に、怒ったような千里の声が飛び込んできた。

「斎木さん、弟になにを言ったのよ」

「なにも言ってない。高校の入試を頑張るようにって、それだけ」

「うそ。今わたしを蹴とばして自分の部屋へ上がっていったわよ」

「嘘じゃない。あとで確かめればいいさ。君の弟、高校は受かるかもしれないけど、恋愛は落第だろうな」

一瞬声が途切れ、それから電話の向こうで、千里がくすっと笑った。

「ちょっと訊きたいことがあるんだ」

返事はなかったが、千里がうなずいたことは、気配で感じられた。

「麗子さんのアパート、今はどうなってる」

「そのままよ」

「元のまま？」

「今月一杯は部屋代を払ってあるの」

「入れるかな」

「入れる。警察から鍵も戻ってる。今月一杯に引き払えばいいの」

「見たいんだ」

「これから？」

「できれば」

「わたしは、いいわ」

「今県庁にいるから五分で君の家へ行く……赤いシルビアで」

千里の返事を聞き、電話を切って、ぼくはクルマを置いてある駐車場のほうへ歩きだした。親父の葬式が済んだばかりで、昨夜も寝ていなくて、しかもこれから川村麗子が死んだ部屋へ行くというのに、ぼくの気分は不謹慎にも、なぜかちょっとだけ浮き立っていた。

きっちり五分で千里の家に着き、助手席に革のハーフコートを滑り込ませて、まだ混んでいない国道をぼくは渋川《しぶかわ》方面に向けてクルマを走らせはじめた。コートの革の匂いと一緒に千里はかすかな躰《からだ》の匂いもクルマの中に持ち込んできた。それは化粧品の匂いではなく、シャンプーや石鹼の匂いでもなく、少し甘酸っぱい、千里自身が発する春のような匂いだった。

「川本町の、どの辺かな」と、自分の声が自分で不機嫌に聞こえることに、内心苦笑しながら、ぼくが訊いた。

「赤城の大鳥居のずっと下」と、やはり怒ったような声で、千里が答えた。「才川町のほうから行って、近くまで行けばわかる」

ぼくはそのままクルマを才川町へまわし、赤城県道に出て、あとは最後まで黙ってハンドルを握っていた。ぼくが喋《しゃべ》らなかったのは眠かったからではなく、クルマの構造に関して、運転席と助手席の近さにこのとき、生まれて初めて気がついたせいだった。

川村麗子の住んでいたアパートは赤城県道を市街地から北に外れた、新興の住宅地の中にあった。近くにはまだ田んぼや畑が残っており、白いモルタルアパートの南側にも小学校の校庭ほどの桑畑が落ちかけた夕日を受けて、寒々と広がっていた。その枝を刈られた桑畑に赤城下ろしの北風が、音をたてて吹きつける。

アパートの脇にクルマを停め、白く塗られた鉄の階段を上がって、ぼくたちは千里の持ってきた鍵で外廊下から部屋へ入ってみた。

千里がドア横のスイッチを入れると、奥の部屋と四畳半ほどの台所に同時に明かりがつき、全体がベージュ色に統一された生活感のない空気が、一瞬にしてぼくと千里を包み込んだ。そこにはぼくが想像していたような、刑事やら鑑識やらが荒らしまわった跡はなく、埃《ほこり》の臭気《におい》すら感じられなかった。ぼくだって女の子の部屋ぐらい知らないわけではないが、このまったく無邪気さのない配色や調度の好みは、どうしたことか。カーペットもベッドもカーテンもすべてがベージュの濃淡で、パンダやらコアラやらの縫いぐるみもなく、壁にはパリの裏町らしい写真が入ったカレンダーが、たった一枚貼られているだけだった。川村麗子はぼくと同じ二十一で、そしてどこかにすっぽりと、子供の無邪気さを置いてきている。

「あれから片づけたのか」と、上がり口に立ったまま、ぼんやりしている千里に、ぼくが訊いた。

「一度だけ」と、小さくくしゃみをしてから、千里が答えた。「でも掃除機をかけたぐらいよ。部屋の中はいじってない」

「上がって、いいのかな?」

千里がうなずいて、スニーカーを脱いで先に上がり、ぼくも靴を脱いで部屋に上がり込んだ。

自分でも不思議だったが、これがあの川村麗子の部屋だというのに、ぼくの心には期待していたような感慨は湧いてはこなかった。六年という時間が思っていたよりも長かったのか、あるいはぼく自身が、自分で自惚《うぬぼ》れているよりも薄情なのか。

「今月中には引き払うの」と、鼻で小さく息を吐いてから、ぷくっと頰《ほお》をふくらませて、千里が言った。「父も母も当てにならないから、けっきょくわたしがやるわけよ」

「君の人生も、けっこう暗いんだな」

ふくらませたままの頰で下からぼくの顔を睨み上げ、それから瞬間に表情を変えて、千里がにっと笑った。

「決まってるじゃない。病弱な父、優柔不断な母、好きな女の子にふられそうな弟。そういうのを麗子ちゃん、みんなわたしに押しつけちゃったんだもの」

「姉さんの本当の親父さんっていう人、生きてるのか」

「生きてるらしい。詳しくは知らないけど、東京で結婚してるんだって。お母さん、今度のこと、その人には知らせてないと思う」

「彼女はその親父さんに、会っていた?」

「どうかなあ。わたし、何回か東京へも遊びに行ったけど、麗子ちゃん、そんなことは言ってなかった」

「東京にいたとき、姉さんはどこに住んでたんだ」

「石神井《しゃくじい》。石神井公園のそば」

「意外に地味だったんだな」

「だから昨日《きのう》も言ったじゃない。麗子ちゃん、見かけとはちがうんだって。東京にいたときなんかここより狭い部屋で、それでいて家賃は六万もしたの。ここなんか三万二千円」

「その、なんていうか……」と、部屋の中を見まわしてから、一つ咳払《せきばら》いをして、ぼくが言った。「思っていたより、ずっと、さっぱりした部屋だ」

「麗子ちゃんの性格なの。無駄なものが嫌いなの。でも斎木さんの言いたいこと、わかるような気がする。なんとなく温かみのない感じ……ね?」

それには答えず、ぼくは台所へ歩き、白い化粧ベニヤのドアで仕切られた風呂場の中を、ちょっと覗いてみた。そこは畳にして一畳半ほどの狭い風呂だったが、全体にピンクのタイル張りで、皮肉なことにこの住居の中ではそこだけが唯一華やいだ色調だった。

「警察に知ってる人がいて、さっき事件のことを訊いてきたんだ」

「やっぱりね。斎木さん、伊達《だて》に不良やってたんじゃないものね」

「あの、なあ……」

「お坊ちゃんじゃ無理なの。最初から思ってた。斎木さんに相談したの、やっぱり正解だったみたい」

正解だったかどうかはあとで考えることにして、ぼくは部屋の中に戻り、ベッドの前でガスストーブと炬燵の位置を確かめてみた。ストーブは炬燵からはだいぶ離れた、台所との境に近い場所に置かれていた。

「君、一月の末、ここへ泊まったと言ったよな」

「うん」と、椅子の上に胡座《あぐら》をかいて、千里が答えた。

「そのとき風呂へは？」

「入った」

「姉さんも？」

「決まってるじゃない」

「そのときストーブや炬燵は、どうした」

「どうって」

「一々消したのか、それともつけたままだったのか」

「つけたままよ。決まってるじゃない」

「どうして」

「だってわたしと麗子ちゃん、一緒に入ったわけじゃないもの。一々ストーブや炬燵を消されたら、寒いわよ」

なるほど、言われてみればそのとおりで、そんなことを訊いたぼくが迂闊《うかつ》だった。

「たとえば……」と、一般論として、ぼくは質問をやり直した。「姉さんが一人だったとして、どうかな。風呂に入るとき、ストーブや炬燵を消す性格だったかな」

「そうねえ……」

胡座をかいた上に腕まで組み、口をへの字に曲げて、千里がむむっと考え込んだ。

「それ、大事なこと？」

「わからない。ただあの日、姉さんはストーブと炬燵を消していた。これはたぶん、君のお母さんの証言だと思う」

「だけどねえ……」と、への字に結んでいた口を、今度はぼくのほうにつき出して、千里が言った。「そこまでは……いろんなことにきちんとしてて、いろんなことに慎重だったけど、お風呂に入るときストーブや炬燵を消すかどうかまでは、わからない」

「服はどうだった？　一々たたむ性格か」

「それはちゃんとしてた。洋服をたたむの、麗子ちゃんの病気みたいだった。わたしがからかうと、逆にわたしのほうがだらしないって怒られた」

千里が椅子から脚を下ろし、首をかしげて、ほっと溜息をついた。

「斎木さん、麗子ちゃんのこと、本当になにも知らないのね」

「神は人間のすべてを知っているが、人間は神が神であることしか知らない」

「誰が言ったの」

「斎木亮っていう、偉い哲学者」

「その偉い哲学者、子供のころ不良だったでしょう？」

「あのなあ、一度言おうと思ってたけど……」

「わかってるって。わたし、そんなことぜんぜん気にしてない」

気にしているのはぼくのほうなのだが、千里の顔を見ると、どうもこの問題をこれ以上追究する気にはならなかった。

「さっきの服のことだけど……」と、話題を哲学から論理学に戻して、ぼくが言った。「たとえ姉さんに服をたたむ趣味があったとしても、風呂へ入る前に着ていた服までたたむっていうの、どんなもんかな。彼女、そこまで神経質だったわけ」

「どういうことか、わからないな」

「ストーブも炬燵も切ってあったんだぞ、夜の十一時だから、そうじゃなくても寒かったはずだ。風呂が沸いた。入ろうと思って服を脱いだ。だけどそれをたたむとしたら、姉さんは裸でうろうろしていたことになる。もちろんジーンズとセーターをたたむぐらい一分もかからないだろうけど、だけど人間の心理って、そんなもんじゃないだろう。着ていた服はとりあえずそのままにしておいて、どうしてもたたみたければ、風呂から出たあとでゆっくりたためばいい。ふつうの人間だったらそう考える」

千里がコートの襟にその尖《とが》った顎をうずめていき、鼻の穴をふくらませて、うーんと唸り声を上げた。

「言われてみれば、そうよねえ」

「あの日の姉さんの服は、たたまれていた」

「思い出した。麗子ちゃん、たしかによく服はたたんだけど、裸になってからまでそんなことはしなかった。お風呂に入るときは……そのときは、着ていたものは脱いでそのままにしておいた」

「それがふつうなんだ。ふつうすぎて、警察のおじさんたちは気がつかなかった」

「わたし、なんだか、寒気がしてきた」

「ストーブをつけるか」

「そうじゃないの。ストーブはいいの。そうじゃなくて、ねえ？　そのことって、麗子ちゃんの服をたたんだ人が、誰かいるってこと？」

「姉さんがただの事故死じゃないと言ったのは、君だ」

「わかってる。わかってるけど、でもそんなこと、具体的に考えてたわけじゃないもの」

「おれが言ったのはただの理屈さ。六日の夜、この部屋に姉さん以外の誰かがいたことは間違いないと思う。そしてその誰かは、ただ遊びに来て、ただお茶を飲んで帰っただけでもない」

千里がすっと躰を寄せてきて、ズボンのポケットに手を入れていたぼくの腕に、怒ったような仕草で自分の腕を絡《から》ませた。

「そういうふうに脅かすの、いけないんじゃない？」

千里の躰からまた甘酸っぱい春の匂いが伝わって、意味もなく、ぼくはどぎまぎした。

「脅かしてなんか、いないさ。おれも君も、今度のことは最初からおかしいと思ってた。ただ、最初は勘だけだったやつが、いくらか具体的になってきただけさ」

「具体的になってきたから、怖いんじゃないのよ」

「問題は……」と、千里から少し躰を離して、その血の気のひいた顔を見ながら、ぼくが言った。「具体的になってくると、考えておかなくちゃならないことがある、なあ？」

「なによ」

「たとえば、これが本当に殺人事件だと仮定する。室内が荒らされたわけではないし、姉さんが暴行を受けたわけでもない。だから偶然の、通り魔的な犯行ではありえない。でもやっぱり犯人はいる。あとで説明するけど、その犯人は姉さんをひどく恨んでいた。逆に言えば、姉さんのほうが恨まれていた。警察はただの事故で処理しているから、おれたちが証拠を見つけないかぎり、捜査はやり直してくれない。証拠を見つけようとすれば、なぜ犯人が姉さんを恨んでいたか、なぜ姉さんは恨まれていたか、そこへ行きついてしまう」

千里が口の中でなにか唸ったが、目では自分にかまわず先をつづけろと、はっきりぼくに命令していた。

「おれが言いたいのは、本当にそんなところまで行っていいのか、ということだ。あとになって、ただの事故にしておいたほうがよかったと思わないか……たしかにおれは昔、彼女のことが好きだった。でもそれはそれだけのことさ。おれにしてみれば今度のことは、やっぱりただの他人事《ひとごと》だ。だけど君はちがう。姉さんが殺された理由を調べていくうち、君や、君の家族にとって知らないほうがいいようなことも、もしかしたら出てくるかもしれない。今度のことは、君が昨日言ってたような、ちょっと頭のおかしいやつが気まぐれに起こした事件ではないような気がする。そういうことをぜんぶ考えて、覚悟を決めておかなくちゃいけない。覚悟を決めるのはおれじゃなくて、もちろん、君だ」

ぼくの腕に絡んでいただけの千里の手が、そのときにはもう袖口《そでぐち》を強く握りしめていて、千里はそうやって、目の前の殺風景な壁を呪《のろ》いでもかけるような目で、じっと睨みつけていた。その大きく見開かれた目にはたっぷり涙が溜まっていたが、不思議に、それは最後まで頬を伝わらなかった。

三度、大きく深呼吸をし、鼻水をすすって、千里が怒ったようにぼくの顔を睨みつけてきた。

「急にそんなこと言うの、いけないと思う。今すぐ覚悟を決めろなんて、そういうの、無茶だと思う。覚悟なんて自然に決まっていくんだと思う」

「最初にって言ったのは、べつに、今すぐっていう意味じゃない」

「わたしを脅かしたわけ?」

「だから……」

「わたしだって、自信ぐらいある。明日《あした》とか、明後日《あさって》とか、朝起きてみたらちゃんと覚悟は決まってる、ぜったいそんな気がする」

ぼくは上着のポケットからハンカチをとり出し、それを肩で息をしている千里の鼻の下に押しつけて、部屋と台所の境の柱に、そっと寄りかかった。

「椅子にでも座ったらいい」と、ぼくが言った。

「大きなお世話よ」と、ハンカチで押さえたままの口で、千里が答えた。

「もう少しここにいたいんだ。もう少し、考えたいことがある」

「勝手に考えればいいじゃない。わたし、ここで見てるもの」

「見るなら座って見ればいいさ」

「立って見てるのが好きなの。放っといてちょうだいよ」

ぼくは口の中だけではいはいと返事をし、もう千里のことは無視することに決めて、そのまま台所まで歩かせてもらった。

その四畳半ほどの台所は、シンクも水切りかごも食器棚も、どこも奇麗に片づいていて、棚の中の食器類も川村麗子の整った顔が思い出せるほどに、整然と並んでいた。ただ注意して見るとステンレスの流しや水切りかごのコップに薄く白い粉の幕が浮かんでいて、それがたぶん、鑑識が指紋を採った跡なのだろう。

「掃除をしたとき、流しは使ったのか」と、部屋のほうをふり返って、ぼくが訊いた。

千里はもう涙は浮かべていなかったが、立っている場所は前と同じで、コートのポケットに両手をつっ込んだまま、上目づかいにぼくの顔を睨みつけていた。

その千里が首を横にふり、ふてくされたような歩き方で、もぞもぞっと台所へ歩いてきた。

「斎木さんて、案外恰好いいじゃない」

「自分でもそう思う」

「けっこうハードボイルドだしね」

「昔、不良だったからな」

「それは……あの、やっぱり、わたし椅子に座ろうかなっと」

ぼくはまた口の中だけではいはいと返事をし、流しをふり返って、シンクから食器棚までをもう一度観察しなおした。千里が流しを使っていないとすれば、白い粉は別として、この流しや水切りかごの配置は事件の夜と同じはずだ。シンクの中の洗い桶は裏返されていて、食器類はすべて水切りかごと食器棚の中。この食器類は、いったい誰が洗ったのか。

「姉さんは洗い物をするとき、ゴム手袋を使っていたか」と、もうしっかり椅子に座っている千里に、ぼくが訊いた。

「使っていた」と、テーブルに大きく頬杖《ほおづえ》をつきながら、千里が答えた。「冬は特にね。麗子ちゃん、手が奇麗なことが自慢だった」

「その手袋はどこに?」

「布巾かけの……あれ?」

千里の頬杖が外れ、布巾が一枚だけかかったプラスチックの布巾かけに、その途方に暮れたような目が釘《くぎ》づけになった。

「なくなってる。気がつかなかったなあ。刑事さんに訊かれたときも、そんなことぜんぜん思いつかなかった。あの手袋が、どうかした?」

「どうもしない。ゴム手袋が自分で歩いているところを見たら、不気味じゃないかと思っただけ」

「あの手袋、自分で歩いたの?」

「どうだかな。それとも姉さんが使っていた手袋には、自分で歩く癖があったのか」

千里がまた頬杖に顎をのせ、口を尖らせて、鼻で大きく息を吸い込んだ。

「わかりやすく言ってよ。斎木さんの言い方って、後ろから急に首を絞めるみたいなんだもの」

　ぼくだってできれば、後ろから急に千里の首を絞めてやろうか、と思うことはあるが、今のこの状況ではたぶん、その比喩《ひゆ》は当たらない。

「部屋もきちんと片づけられていて、君が見てもなくなっている物はないはずなのに、ゴムの手袋だけどうしてなくなってるのか、それが不思議なだけさ」

「不思議だから、なんなのよ」

「不思議だから、これから考える」

「それじゃあ、さっきの、あとで説明するって言った、あれは？」

「あれ、か」

　流しの縁に寄りかかり、とり出した煙草に火をつけてから、ぼくが言った。

「君、姉さんが死んだ現場を、直接見たのか」

　目の表情と口の曲げ方だけで、千里が完璧な否定の意思表示をした。

「風呂に入ってたんだから、裸に決まってる。あの狭い浴槽で溺れたんだから、どういう形だったのかも想像はつく。だけどおれ、そういうのっていやなんだよな。彼女だから特別にそう思うのかもしれないけど、でもその話を聞いたとき、ああ、いやだなと思った……灰皿、あるか」

「麗子ちゃん、煙草は吸わなかった」

「そういう死に方って、やっぱりよくないと思う」と、勝手にシンクに灰をはたいて、ぼくが言った。「最初から、なんとなく悪意を感じた。最初はただの勘だったけど、現実に彼女が殺されたとなると、やっぱりそれ、ものすごく悪意のある殺し方のような気がする。一見自然に見えて、だけどたぶんちがうと思う。殺したあとまで晒《さら》しものにしたいほど、そいつは彼女のことを恨んでいた。慎重に考えて、ちゃんと事故に見えるように計算して、その計算どおりに冷静な行動をしたんだろうけど、でも無意識のうちに自分の恨みを残してしまった、そんな気がする。そしてそいつは、彼女が奇麗好きだったことや、洋服をたたむ癖があることまで知ってるぐらい、彼女の近くにいたやつだ」

千里が目をぱちくりさせ、ことんと椅子を鳴らして、両腕で自分の躰を抱え込んだ。

「寒気が……」

「わかってる、もう少しだ」

ぼくは煙草をシンクに捨て、水を出して火を消してから、そこを離れてまっすぐ部屋の奥へ歩いていった。

「おれの靴、持ってきてくれないか」と、カーテンを開きながら、後ろの千里に、ぼくが言った。

千里が立ち上がって沓脱《くつぬぎ》へ歩いていき、ぼくはガラス戸のクレセント錠を開けて、そのガラス戸を半分ほど開いてみた。外はうす暗くなっていたが風はやんでいて、遠くのほうにはぽつぽつと人家の明かりがともりはじめていた。

靴を持ってきた千里がぼくの肩越しに外を覗き、なんの意味でか、ふーっと大きな溜息をついた。

「飛び下りると言っても、わたし、ぜったい止めてやらない」と、ぼくに靴を渡しながら、ぼそっと、千里が言った。

　ぼくはその靴を狭いベランダに下ろし、足を入れて、白く塗られた鉄の手摺《てす》りの上から下の地面を覗き込んだ。アパート自体の敷地はかなり広くとってあって、桑畑との境のブロック塀までが五メートルほどの空き地になっている。時間のせいか、アパートの他の部屋に電気はついておらず、手摺りを握って、ぼくは片方の足を手摺りの上に持ち上げてみた。

「うっそーっ」

　声と同時に、わっと千里がぼくの腰にしがみついた。

「ばかばか、うそよ」

「なにが」

「止めないって言ったの、あれは、うそ」

「ベランダに出るんなら、自分の靴も持ってこい」

　たかをくくっていたが、千里の力は思っていたよりも強く、ぼくの手はあっけなくベランダから引き離された。

「脅かさないでよ」

「脅かしたわけじゃないさ」

「死んじゃうわよ」

「まさか」

「死ななくても、足の骨は折っちゃう」

「慣れてるんだ。子供のころ自分をスーパーマンだと思い込んで、風呂敷を首に巻いて二階から飛び下りたことがある」

むぐっと鼻を鳴らし、ぼくの上着を掴んで、千里がこの三日間でぼくが見たなかでの、一番怖い上目づかいをしてみせた。

「冗談……」と、千里の顎をつまんで、目の角度を正常な位置に戻してやってから、ぼくが言った。「飛び下りるわけないだろう。スーパーマンの真似してみせるには、客が少なすぎる」

「だって、今、飛び下りようとしたじゃないのよ」

「ただ下りてみようと思っただけ。飛んだりはしない」

「だって……」

「だいじょうぶ。高いように見えるけど、地面からベランダまでは二メートルちょっと。立ってるから高いように見えるだけだ。それにこのベランダは、下りられるようにできてるはずなんだ」

ぼくは千里の手から自分の上着の裾を引き剝《は》がし、ひくひくしている千里の鼻をつまんで、少し部屋の奥へ押しやった。

「見てるなら、やっぱり靴を履いたほうがいいな」

「大きなお世話よ」

「足が冷たいだろう」

「放っといてよ、冷たいのが好きなんだから」

ぼくはまた手摺りに向きなおり、手をかけ、足をのせて、躰を手摺りの上に持ち上げてみた。うす暗くはなっていたが地面は見えていて、口ほどにもなくぼくはけっこう怖気《おじけ》づいていた。それはぼく自身の必然性として、無理にそんな冒険を試みる必要はなかったからで、どうしてもここから下りなくてはならない人間にとっては、寒いとか怖いとかの問題ではなかったろう。

ぼくは初め、手摺りの下の横棒にぶらさがれば下の階の手摺りに足が届くだろうと考えたが、実際に始めてみると、そこまで果敢な決意をしなくても下りられそうなことに、すぐ気がついた。ベランダの横の壁に雨樋《あまどい》が縦に通っていて、そしてその雨樋はかなりしっかりした金具で壁に固定されているのだ。

試しにぼくは左足の先を雨樋と壁の間に差し込み、左半身の体重をぜんぶその金具の上にのせてみた。雨樋も壁も金具も、思ったよりずっと丈夫で、ぼくの体重ぐらいでは音も出さなかった。アパートの設計思想に泥棒対策が盛り込まれていないのは、この前橋という街がまだま だ、平和な証拠なのだろう。

それからの実演は、まったく、気が抜けるほどかんたんだった。実際ぼくが雨樋と上下のベランダを梯子《はしご》がわりに下におりきるまで、一分とはかからなかった。二メートルなんて距離は、頭の中で考えているよりも、本当はばかばかしいぐらい呆気《あっけ》ないものなのだ。

登って戻る必要まではなかったので、二階のベランダから下を覗き込んでいる千里に、ぼくが声をかけた。

「一緒に帰りたければ、戸締まりをして下りてこい」

千里がなにか言いかけたが、軽く手をふり、ぼくは建物を西側へまわって、最初に上がっていった鉄階段のところで千里を待つことにした。あと十分もすれば完全に暗くなる時間で、アパートの外廊下と郵便受けの上にも、申し訳程度の暗い蛍光灯がともっていた。

ぼくは煙草に火をつけ、上着の襟を立てて、ブロック塀に寄りかかって何度か生欠伸をした。風はなかったが空気は冷たく、ぼくの足は無意識の足踏みをくり返した。

上の外廊下に音がし、スニーカーの足音が聞こえて、千里が怒ったような顔で鉄階段を下りてきた。この子はいつも怒ったような顔をしているが、それが不機嫌な感情表現でないことは、この三日でいやというほど知らされていた。そういえば前橋に帰ってきてからの三日間、なぜかぼくらは毎日顔を合わせている。ぼくが前橋に帰ってきたのは、本当は親父の葬式に出るためだったのに。

「ばかばかしいから、訊かなかったけど……」と、ぼくのほうに口を尖らせて、千里が言った。

「ああいうふうにアパートを出るの、斎木さんの趣味なわけ?」

「女の子の部屋から、一度ああいうふうに出たいと思っていた」と煙草を捨てて、ちらっと千里の顔を見てから、ぼくが答えた。「姉さんの部屋、ドアには内側から鍵がかかっていて、ベランダのほうにはかかっていなかった。警察の調べでは外から人が侵入した気配はない。だけど出ていったときは、どうだったのか。おれは靴を履いたけど、もし靴をポケットにでも入れて手袋をはめて下りたら、痕跡なんか残らないかもしれない。犯人はベランダから下りることを、最初から計算に入れていた気がする」

「そこまでわかって、警察、捜査をやり直してくれないの？」

「やり直してはくれないと思う。おれたちが今証明したことは、ただの理屈で、殺人自体を証明したわけじゃない。彼女が殺されたと思っているのはおれと君の、二人だけ。もちろん犯人はこれが殺人事件であることを、知っている」

千里がまた腕を絡めてきそうになったので、ぼくは首をふり、蛍光灯にぼんやり照らし出されたステンレスの郵便受けを、軽く指さした。

「姉さんの部屋、２０１だったよな」

うなずいてから、千里も、ちょっと郵便受けをふり返った。

「なにか入ってる。来たときは気がつかなかったけど……君が掃除に来たときは？」

「そんなこと、考えなかったもの」

「君、ふだん、なにか考えることがあるのか」

「どういう意味よ」

「意味は、ないけどさ」

千里の背中を押し、二人で郵便受けの前に歩いて、その五センチほどの隙間から、ぼくらは一緒に『２０１』の中を覗き込んだ。そこには確かに白い角形の封筒が入っており、それは電気やガスの領収書ではなさそうだった。

「これの鍵は」と、ぼくが訊いた。

「鍵じゃないの。ダイヤルを合わせるの」

「番号は？」

「知らない。そんなこと、聞いてないもの。近くに大家さんがいるけど……」

「この封筒、おれたちに出して見る権利は、あるよな」

「あるある、ぜったいある」

ぼくはもう一度郵便受けの形を確かめ、千里に待っているように目で合図をしてから、クルマの工具箱からドライバーを出してまた郵便受けの前に戻った。ベランダから下りたり他人の郵便物を抜き出したり、やってることはまるで泥棒だったが、将来にそなえての職業訓練をしているわけではなかった。もっともぼくなんかの人生、どこでどうなるか、知れたものではないだろうが。

呆れているのか感激しているのか、茫然《ぼうぜん》とした顔の千里を脇にどけ、まずぼくは腰をかがめて郵便受けの底の穴からドライバーの先を差し込んでみた。それから横になっている封筒を起こし、郵便受けの蓋の内側に押しつけて、そのままドライバーをゆっくり上へ突き上げた。封筒はかんたんに滑ってきて、投函口の隙間にその白い角を覗かせてきた。あとは千里に合図をして抜き出させれば、すべては完了だった。大家を探してダイヤルの番号を聞くよりも、三十分は時間の節約になる。

「斎木さん、いろんな才能、あるんですね」と、たぶん褒めたつもりで、千里が言った。

「どうせ昔、不良だったからな」

「そんなこと、言わないわよ」

「一昨日会ってから君は、四回それを言ってる」

「本当に？　ぜんぜん知らなかった」

「どうでもいいけどな。見かけよりおれ、気が弱いんだ。君に言われるたびに心臓が止まりそうになる」

口を尖らせかけた千里の手から封筒を抜きとり、躰の向きを変えて、蛍光灯の明かりでぼくらは一緒にそれを覗き込んだ。もちろん宛名は川村麗子だったが、差出人のほうは、驚いていいのか呆れていいのか、なんとも奇妙な人間だった。

「こいつの名前、聞いたことは？」

小さく一つ唸ってから、ぼくの顔を見上げて、千里が言った。

「前に、何度か家に来たことがあると思う」

「姉さんなにか、言ってたか」

「言わない。麗子ちゃん、本当にそういうことは言わない人だったの」

封筒の消印は二月八日になっていて、そして差出人の名前は、まったく、驚いていいのか呆れていいのか、なぜか、竹内常司だったのだ。


『今日は。

最近電話にも出てくれず、青猫にも顔を見せないので、我慢できずに手紙を書いています。

麗子さん、先日のこと、やはり怒っているのでしょうか。

君が怒るのは当たり前で、自分でも悪かったと反省しています。ただ君が氏家と二人だけで青猫にいるのを見たとき、僕が最悪の事態を想像してしまったことは、君にも理解して欲しいのです。僕もあれからいろいろ考え、本心から、冷静に反省をしているのです。

麗子さん。もう一度考え直して下さい。東京での楽しかった日々のことを思い出して下さい。なぜ僕等の関係がこんな風になってしまったのか、僕にはまったく理解できません。友達のことを悪く言うのは卑怯《ひきょう》だと思いますが、氏家は絶対に君に相応《ふさわ》しい人間ではありません。驚かないで下さい。氏家は桑原さんと同棲していながら、野代さんとも関係をもっているのです。氏家が自慢そうに直接僕に言ったのです。君の気持ちは僕にだって分からなくはありませんが、そんな奴に君を渡すことは出来ません。

麗子さん。くどいようですが、もう一度考え直して下さい。二人で結婚のことを話し合った東京での日々のことを思い出して下さい。君さえ望むなら、大学をやめて、僕は前橋で仕事に就《つ》いてもいいのです。親戚が広告会社をやっていて、いつでも来いと言っています。僕さえ仕事に就けば、僕達はいつでも結婚できるのです。どうか氏家のことは諦めて下さい。奴は東大に入れなくて、ただの見栄で君にちょっかいを出しているだけなのです。どうかそんな奴と僕を比べるのはやめて下さい。僕は君がいなくては生きていけないのです。君がどうしても僕と別れるというのなら、僕は君を殺して自分も死ぬ覚悟でいるのです。これは脅しではありません。素直な僕の気持ちなのです。どうか、僕のこの気持ちを分かってくれて、もう一度考え直して下さい。

麗子さん。もう一度やり直しましょう。僕にはもう一度やり直せる自信があります。麗子さん。この手紙を読んだら、直《す》ぐに電話を下さい。君に逢えなくなってからの僕の毎日がどんなに苦しいものか、どうか分かって下さい。夜中でも構いません。直ぐに電話を下さい。

それから、僕のこと、一方的に君に付きまとっているなどと、桑原さんや野代さんに言いふらすのはやめて下さい。僕にも僕なりにプライドがあるのです。君がこれ以上あんな風なことを言いふらすのなら、僕も東京でのことをみんなに言わなくてはなりません。どうか僕達の関係を青猫の連中に言うのはやめて下さい。僕達の関係を君自身の手で汚れたものにするのはやめて下さい。どうか、以前の君に戻って下さい。そしてこの手紙を読んだら、直ぐに電話を下さい。逢ってちゃんと話し合えば、君も僕の気持ちは分かってくれるはずです。考え直して、どうか電話を下さい。楽しかったあの頃のことを思い出して、先日のぼくの失言を許して下さい。そしてぼくのプライドも考えて、みんなに言いふらすのはやめて下さい。

電話をお待ちしています。

乱筆乱文にて、失礼いたします。

川村麗子様へ。

竹内常司』

その手紙を車内灯をつけて読んでから、となりの千里に渡し、ぼくは黙ってクルマを市街地に走らせはじめた。あたりはすっかり暗くなっていて、走っていく先の上空は街灯やネオンの反射で、赤っぽい靄《もや》がかかったように明るくなっていた。

千里が舌打ちをし、車内灯を消して脚を組みかえたのは、ぼくがクルマを赤城県道に出して道を東に下りはじめた、そのときだった。

「ありえるのかなあ、こういうこと」と、手紙を封筒に戻しながら、唸るような声で、千里が言った。「斎木さん、どう思う?」

「書いてあるんだから、書いてあるとおりなんだろう」

「だけど手紙のとおりなら、麗子ちゃん、この竹内という人と関係があったことになる」

「関係があったって、悪くはないさ」

「竹内って人は覚えてるけど、わたしだったら、つき合わないと思う」

「君がつき合ってたわけじゃない。つき合ってたのは君の姉さんだ。彼女が誰とどんなふうにつき合おうと、そんなこと彼女の勝手さ」

「なにを怒ってるのよ」

「怒ってなんか、いないさ」

怒ってはいないが、ぼくが愉快だったかといえば、そんなことはない。それは手紙の内容自体の問題ではなく、文章の中に六年前の川村麗子に対するぼく自身のやり場のない気持ちが、へんなふうに重なっていたからだ。六年という時間がぼくの常識を飛び越えて、よけいなところでひょっこりと顔を出す。六年なんてたいした時間でもないだろうに、それでも困るのは相手の川村麗子がもうこの世に存在していない、ということなのだ。

「その手紙、借りておけるか」と、フロントガラスから行くての道を見つめたまま、ぼくが言った。

「いいけど、どうして？」

「君の弟に読ませても、ラブレターを書く参考にはならないだろう」

千里がくしゃみをしたように笑い、ぼくの上着を引っぱって、封筒をポケットの中に放り込んだ。

「だけどわたし、この手紙、やっぱりおかしいと思うな」

「気持ちはちゃんと表現されてる」

「気持ちを表現することと事実を表現することは、ちがうんじゃない？　この手紙じゃ麗子ちゃんとこの人、東京で同棲でもしてたみたいに聞こえる」

「君だって姉さんのことを、ぜんぶ知ってたわけじゃないさ」

「だけど本当にこの手紙のとおりなら、麗子ちゃん、わたしに言ったと思う」

「君も姉さんにみんな喋っていたのか？　自分が誰を好きだとか、今どんなやつとつき合っているとか」

「わたしは……わたしは男の子とつき合ったことなんて、一度もないもの」

煙草が吸いたくなったが、我慢して、ぼくが言った。

「この竹内っていうの、昨夜《ゆうべ》家に来たんだ。なぜ来たのかよくわからないけど、親父に線香をあげていった。そのときもやつ、自分と彼女のことを言ってた。彼女も一人で東京に出て、寂しくて、それでそういうふうになったのかもしれないし、逆に考えれば、彼女みたいな人に一人もつき合っていた男がいなかったというほうが、ずっと不自然だ……もちろんこの手紙に書いてあることを、信じたいとは思わないけど」

千里が正面に向きなおり、脚を組みかえて、窓の反対側に向かって小さく溜息をついた。時間のせいかぼくらの走っている車線にはほとんどクルマはなく、市街地方向からのクルマだけがライトを下に向けて、のろのろと遠くのほうまでつながっていた。

「東京にいたときの親友って、なんていったっけ」と、ぼくが訊いた。

「水谷小夜子さん」

「連絡はとれるよな」

「住所も電話もわかる」

「訊いてくれるか。君の姉さんが東京にいたときの男関係を、具体的に。どういうやつとどんなふうにつき合っていたか、その水谷さんならなにか知っていると思う」

千里が返事もせず、うなずきもしなかったので、ぼくは左手をのばして千里の肩を揺すってみた。

「聞こえていたよな」

「聞こえていたけど、わたし、そんなことを訊くの、いやだな」

「どうして」

「だって、麗子ちゃんが、男の人と具体的にどんなふうにつき合っていたかなんて、訊きたくない」

「知りたくないことが出てくるかもしれない、さっきもそう言った」

「だけど……」

「君がいやならいいさ。君の問題だ。おれだってこんなことに、好きで首をつっ込んだわけじゃない」

　千里がかすかに鼻を鳴らし、そしてぼくが気がついたときにはもう涙を流していて、はっきりとした嗚咽《おえつ》の声をもらしていた。

「いや、あの、なあ?」

「なにがなあよ? どうしてわたしばっかりいじめるのよ」

「いじめてなんか、いないと思う」

「いじめてるじゃない? 今日会って最初から、斎木さんはずっとわたしのこといじめてる」

　泣いているわりに言葉は明瞭で、そしてなぜか妙に、断定的だった。

「おれはただ、事実関係をはっきりさせようと思った、それだけさ」

「それでどうしてわたしのこといじめるのよ。さっきだってそうじゃない、今すぐ覚悟を決めろとか、犯人がそばにいるとか……それで今度は、急にわたしに冷たくしたり」

「その、だから、そういうつもりでは、なかった」

ぼくはまた左の腕をのばし、短い髪の千里の首筋を、そっとさすりはじめた。オートマチックのクルマなんてずっとばかにしていたが、なるほどこんなふうに左手が自由に使える、利点はある。

「君を脅かすつもりも、いじめるつもりもなかった」と、泣き声を唸り声に変えた千里に、ぼくが言った。「昨夜寝ていなくて、それでちょっと、疲れているんだ」

さっき渡したぼくのハンカチで、涙と鼻水を拭いてから、止めていた息を千里が、うーと吐き出した。

「わかってるんだけどね。わかってるんだけど、急に腹が立ったり急に悲しくなったり、自分でもどうなっちゃったのか、よくわからないの。わたし、ヒステリーなのかなあ」

千里がいくらかヒステリーであることぐらい、自己分析なんかしてもらわなくてもわかっている。ただ女なんてどうせどこかヒステリーなわけだし、問題はそれが可愛いか可愛くないかだけなのだ。それに考えてみればいくら大人っぽく見えても、千里の歳《とし》は桜子とたった二つしかちがわない。桜子が今度前橋女学園に入れば一年生と三年生というだけで、同じ女子高校生ではないか。

「一応ね、水谷さんにね、今夜電話してみる」と、まだいくらかぼくに遺恨《いこん》があるような声で、千里が言った。

ちょっとためらったが、やはりぼくは先を急ぐことにした。

「それからもう一つ、睡眠薬のこと」

「睡眠薬のなあに？」

「今度の事件に睡眠薬がどう関係しているのか、まるでわからない」

「麗子ちゃんが自分でお医者にもらったんだから、自分で飲んだんじゃないの」

「それが、どうもな……風呂の支度をして睡眠薬を飲んだところに、顔見知りの犯人が訪ねてきた。そう考えられなくもないけど、どんなもんだろう。そういう偶然って、あまり考えたくないな」

「犯人が、飲ませた？」

「そのほうが自然だ。ただの偶然だとしたら、犯人のほうにだけ都合がよすぎる……また、寒気がするか」

「だいじょうぶ。わたし、もう頑張っちゃうことに決めたわ」

「警察ではベンゾなんとか系の睡眠薬なんて言ってたけど、いったいそれ、どんなものか」

「訊いてみる？」

「誰に」

「麗子ちゃんが薬をもらったお医者に。アパートの鍵と一緒に、その薬も袋ごと警察から返ってきて、それで袋を見たら、お医者って横山町の大森《おおもり》医院だったの。大森医院ってわたしたちが子供のころからのかかりつけなの。だから事情を話せば、教えてくれると思う」

なーんだと言いたいところだが、千里には事の重大性はわかっていないはずだし、だいいちぼく自身、睡眠薬のことが事件にどう重大な意味をもつのか、わかってはいないのだ。しかし千里の言うとおりその医者から話が聞ければ、少なくとも川村麗子が睡眠薬を飲むことになった事情ぐらいは、わかるかもしれない。「君に任せる。ビタミン剤も飲まなかった彼女が、なぜ睡眠薬なんか飲むことになったのか。それがわかるだけでも核心に近づくはずだ」

胸こそ叩かなかったが、かなり気合いを入れて、千里がうんとうなずいた。どこかでギアでも入れかえたのか、その横顔を見るかぎり、千里は完全にやる気になっていた。『頑張っちゃうことに決めた』ことの証拠をぼくに見せようという努力なのか、それともたんに虫のいどころが変わっただけなのか、まあ、たぶん後のほうだろう。

「わたしね、予感がする……」と、対向車のライトにきらっと目を光らせて、千里が言った。「麗子ちゃんを殺した犯人、ぜったい見つけられる気がする。前橋駅で斎木さんに会ったときから、そんな気がしていた。言ったでしょう？　やったねっていう感じ。たぶん麗子ちゃんがわたしを斎木さんに会わせたんだと思う」

なんのことか、意味はわからなかったが、ぼくにしても一昨日千里に会わなければ、川村麗子の死にここまで関わりはもたなかったろう。それどころか親父の葬式だけ済ませて、川村麗子が死んだことすら知らずに東京へ戻っていたかもしれない。

「よくはわからないけど、なんとなくおれも、彼女を殺したやつは見つけられる予感がする」

「犯人が近くにいること、わたしにもやっとわかってきた。麗子ちゃんもそうと言ってる」

千里が躰を半分ひねって、ほとんど運転の邪魔になるところまで、横から顔をハンドルに近づけた。

「知ってた？　このコート、麗子ちゃんが着ていたの。今年の冬は革のコートがはやりで、麗子ちゃん、ずっとこのコート着てて、わたしずっと羨《うらや》ましいなって思ってて、それで麗子ちゃんが死んだあと、わたしがもらったの。だからこのコートにはまだ麗子ちゃんの気持ちが残っているの」

　もちろんぼくは、そのコートに川村麗子の霊が宿っているなどと、ロマンチックに考える体質ではない。しかしぼくの中でただの記憶でしかなかった川村麗子が、妙に身ぢかな存在となってすぐそばに姿を現したことも、実感のある事実だった。

「とにかく、少し、川村麗子の周りを歩きまわってみよう」と、千里の視線をなんとなく意識しながら、ぼくが言った。「おれなんかに歩きまわられたら、迷惑をするやつが、何人も出てくるだろうけど」

「水谷さんに電話して、それから、わたしのほうは？」と、ぼくの顔を覗き込んだまま、千里が訊いた。

「君のすることは決まってる……期末試験の勉強だ」

　へええというように口を開けて、生意気に、千里がぽんぽんとぼくの肩を叩いた。

「斎木さんて、案外常識家なんだ」

「常識が人間の皮を被ってるみたいなもんさ」

「思うんだけど、麗子ちゃんて、もしかしたら男の人を見る目がなかったかもね」

思わず笑いそうになって、そして実際に口の中で笑ってから、ぼくは千里の広い額を指先で助手席に押し戻した。

「初めて君を見たとき、ずいぶん生意気そうな子だと思った」

「わたしなんか初めて斎木さんを見たとき、ずいぶん怖いおにいさんだと思った。でもそれ、小学生のときだけどね」

「おれが言おうとしたのは、そういうことじゃなくて……」

そのときふと、ぼくの頭の中に、その前に言った千里の言葉が、へんな実感をもってよみがえった。

「そういうことじゃなくて、なんなのよ」

「いや……」

川村麗子には、男を見る目がなかった。もちろんそんなものは主観の問題で、千里にしても冗談で言っただけなのだろう。しかし竹内常司に関してだけいえば、客観的にみても、川村麗子の趣味は褒められない。それとも川村麗子には竹内とつき合わなくてはならない、なにか特別な事情でもあったのか。

「ねえ、そういうことじゃなくて、なんだっていうのよ」

「生意気そうに見えたのは、コートのせいだって、そう言おうと思っただけさ」

千里がふうんと唸って、面白くもなさそうに、その長い脚を助手席の中で乱暴に組みかえた。

「薬のことと彼女の東京での生活、わかったら電話をくれ。それから今のこと、やっぱり君のほうが間違っている」

「今の、なによ」

「彼女の男を見る目の話。彼女には男を見る目があった。だからこそ、おれなんかとはつき合わなかったんだ」

＊

「乱筆乱文にて、失礼いたします……か」

千里を家の前で降ろし、青猫があるという広瀬川の川縁に向かってクルマを走らせながら、煙草をつけて、ぼくは頭の中で何度かその文句をくり返していた。おかしいと言われればおかしいその文面も、内容が事実であるとするかぎり、おかしくはない。川村麗子が短大を卒業して、前橋へ帰ってきてからは氏家孝一とつき合いはじめたらしいこと。氏家は桑原智世と同棲していながら、川村麗子の親友である野代亜矢子とも関係があるらしいこと。そして川村麗子は竹内と別れたいと言い出し、桑原智世や野代亜矢子に、竹内が一方的に自分につきまとっていると言いふらしたこと。

野代亜矢子についてはよく覚えていないが、『ふつうの子』という印象の女の子だったような気がする。桑原智世と同棲していて川村麗子ともつき合いはじめた氏家孝一が、わざわざ野代亜矢子にまでちょっかいを出す必要が、どこにあったのか。氏家がたとえ亀橋和也の言うとおり、『気にくわねえ野郎』であったとしても、それはぼくや亀橋のような落ちこぼれからみた基準だろう。中学時代の氏家が女子の人気を集めていたことは事実だし、氏家と桑原智世の組み合わせも、氏家と川村麗子の組み合わせも、少なくとも竹内常司と川村麗子の組み合わせよりは納得できる。しかしそれにしても、竹内と氏家と桑原智世と野代亜矢子と、それに川村麗子まで加えて、連中はいったいこんな町で、なにをごちゃごちゃやっていたのか。

青猫は北側から繁華街を包み込むように西から東に流れている広瀬川の左岸に沿って、その繁華街の西端にあった。場末といえば場末だが昔はくるみという、店中にやたら油絵を飾りたてていることで有名な喫茶店があった場所だ。地元芸術家のつながりとかがあって、芸術家になった氏家がそこにスナックを開くことになったのか。それとも金を出した叔母さんとかいう人が、もともと地元の芸術家だったのか。

ぼくは舗道ぎりぎりにクルマを停め、小さな電気看板を確かめてから青ペンキの塗られた木のドアを押して、店に入った。くるみ時代に来たことはなかったが、スペースは思ったよりも広く、内装は酒場と喫茶店の中間のようなものだった。外観からして通りがかりの客が入る雰囲気ではなく、たぶん常連の芸術家連中がたむろして芸術的な縄張りをつくっている店なのだろう。

氏家がいたのは店の一番奥に鉤形《かぎがた》に渡した、カウンターの止まり木だった。となりには野代亜矢子が座っていたが、ぼくは野代亜矢子の顔を思い出すために、二、三秒注意を記憶の中に集中させなくてはならなかった。

もの珍しそうな顔をぼくのほうに向けた二人に、会釈だけして、ぼくは野代亜矢子のとなりに腰を下ろした。

「まさか、ねえ?」と、ちらっとぼくの顔を見てから、視線を氏家に巡らして、野代亜矢子が言った。「噂をすれば影って、本当みたい」

中学時代と変わらない前髪を指ですくい、氏家が自分の背後に小さく顎をしゃくってみせた。その席には竹内が座っていて、厚いハードカバーの本の上縁からカウンターのぼくらのほうに、粘っこい視線を送っていた。無精髭《ぶしょうひげ》は昨日のままだったが髪は撫《な》でつけられていて、その視線にも昨日の茫然としたような曖昧《あいまい》さは感じられなかった。竹内がいつからこの店にいるにせよ、すでに状況説明は終わっているらしかった。

「妙なことを始めたな」と、野代亜矢子の頭越しに首をのばして、ぼくが氏家に言った。

「遅かれ早かれ人間は、いつかはなにかを始めるもんさ」と、また前髪をすくって、氏家が答えた。「斎木、親父さんが死んだんだってな」

「前橋じゅうでこれほど有名になれば、親父も本望だろう」

口の端でかすかに笑い、氏家が肘でカウンターに身を乗り出した。

「ビールでいいか、店の奢りにしておく」

「コーヒーだ。昨夜から寝てないし、それにクルマだから」

氏家が鼻で笑い、指を弾いて、カウンターの中にコーヒーを言いつけた。

女の子が立ち上がり、返事もせずにカウンターの中でコーヒー用のサイホンを用意しはじめた。髪の毛をソバージュにして唇をピンク色に塗っているが、表情はいっさい変えず、まるで店と店の客を心の底から軽蔑《けいべつ》している感じの女の子だった。

「この店のこと、誰に聞いたんだ」と、指の腹で皮膚の薄い頬をこすりながら、氏家が訊いてきた。

「亀橋」と、ぼくが答えた。

「あいつ、暴走族をやめたんだってな」

「誰でもいつかはなにかをやめて、なにかを始めるもんさ」

「亀橋くん、今、由美子とつき合ってるのよ」と、氏家のほうに顔を上げて、野代亜矢子が言った。「覚えてない？　中学のとき陸上やってた、田中由美子」

「覚えてるけど、それがどうした」

「どうもしない。変わった組み合わせだって、そう言おうとしただけ」

自分がこの店で歓迎されないことぐらい、ぼくにだってわかっている。そして氏家のぼくに対する敵意も、中学のころと変わっていないらしい。そのことは氏家の表情にも野代亜矢子に話しかける声の調子にも露骨に表れている。氏家にしてみればぼくや亀橋は六年たった今でも、あい変わらず学級委員の意向に逆らうクラスの半端者《はんぱもの》なのだろう。

「川村もこの店に、よく来てたんだってな」と、煙草に火をつけてから、店の中をわざとゆっくり見まわして、ぼくが言った。

本から顔こそ上げなかったが、竹内の注意も最初からずっと、カウンターのぼくたちに注がれたままだった。

「よくってことは、ないけどな」と、一呼吸おいてから、わだかまりのあるような声で、氏家が言った。「去年、二、三回ってところさ」

「今年だって来たわよ」と、カウンターの中からぼくの前にコーヒーを差し出して、誰にともなく、ソバージュの女の子が言った。

女の子はそれ以上なにも言わず、ぼくたちの会話には興味もなさそうに、カウンターの向こうでちぢれた髪をいじくりはじめた。

「川村の事件、あれ、殺人だったらしい」と、今日三杯めのコーヒーにうんざりしながら、口だけつけて、ぼくが言った。

竹内と氏家と野代亜矢子が同時に視線を上げ、三人とも後ろから不意に肩を叩かれたように、同時にぼくの顔を覗き込んだ。

「だって、あれ、事故だったはずよ」と、音程を半オクターブぐらい上げて、野代亜矢子が言った。

「警察がよく使う手さ。事故だと発表しておけば犯人が油断する」

竹内が本を閉じ、フロアを歩いて、カウンターのぼくのとなりに腰を下ろした。

「自殺じゃなかったのか。俺、自殺だと思ってたけどなあ」と、昨日と同じのんびりした声で、竹内が言った。

「事故でも自殺でもない、そう言ってた」

「誰が」

「県警本部にいる親戚。葬式で会ったらそう言ってた」

「それ、真面目な話でか」

コーヒーをすすって、他の三人の顔を観察してから、ぼくが言った。

「誘拐事件でマスコミが報道を控えるのと、理屈は同じさ。殺人事件の場合は警察がわざと情報の操作をする。今度の事件も発表だけは事故にしておいて、裏では殺人として捜査しているらしい」

「自殺だったやつを、家族の希望で事故にしたんだと思ってたなあ」と、また、竹内が言った。

「遺書もなかったし、川村は発作的に自殺するタイプでもなかった。そんなことは竹内のほうが、よく知ってるはずじゃないか」

「俺は、その……自殺のほうが自然だと思っただけさ」

竹内がわざとらしく腕時計を覗き、ズボンのポケットから小銭入れを出して、口の中でなにか言いながらしばらくその小銭入れをかき回した。

「ええと、じゃあ、三百五十円な」

百円玉を三個と十円玉を五個、しつこいぐらいていねいにカウンターに並べ、ぼくの顔にぼんやりした視線を送りながら、竹内が立ち上がった。

「行くところがあったんだ。斎木……親父さんの葬式、賑《にぎ》やかだったか」

答えるのが面倒だったので、うなずくだけ、ぼくはうなずいた。

「その……人がたくさん来るっていうのは、その人間がみんなから好かれていたことの証拠なんだ。親父さんもみんなから好かれていたんさ。斎木の親父さん、きっと幸せだったんさ」

ぼくにだけひょいと手をふり、本を腋の下に抱えて、竹内が昨日と同じ茫然とした顔でふらっと出口に歩きだした。

「あの手紙は読んだ」と、その竹内の背中に、ぼくが言った。

「え?」と、声を出して、竹内がぼくのほうをふり返った。

「川村の妹が預っていた、例の手紙さ」

竹内がとぼけたような目でぼくの顔を見下ろし、それからなんの意味でか、うんと一つうなずいた。

「やっぱりなあ。昨日斎木、千里ちゃんと一緒に喫茶店へ行ったもんなあ。そういうことだったんか。たぶんそういうことだとは思ってたけど、やっぱりなあ、彼女も斎木も、やっぱりあれ、読んでたんだよなあ」

そこで竹内はにやっと笑い、ぼくに手をふり直して、あとは後ろも見ずに木のドアから姿を消していった。

「あいつ、変わったな」と、竹内の出ていったドアをしばらく眺めてから、カウンターに向きなおって、ぼくが言った。

「東京が合わなかったみたいね」と、短い溜息と一緒に、野代亜矢子が言った。「竹内くん、東京でノイローゼになったらしいの」

「そんなところだとは思っていた」

「前橋でも病院に通っているらしいけど……竹内くんて、真面目すぎるからね」

「背伸びのしすぎさ」と、カウンターに片肘をつき、正面の壁に向かったまま、氏家が言った。「あいつ、いつだって自分の能力以上の背伸びして、そのあげくにぷっつんと切れちまうわけさ」

「自分の目標を途中で放り出す人より、いいじゃないの」と、皮肉たっぷりに聞こえる口調で、野代亜矢子が言った。

「能力の中には途中で目標を変える判断力もふくまれている。大人になるっていうのは、そういうことさ」

「それじゃ氏家くんは、もうじゅうぶん大人になってるわけね」

「意味もなくもがくことがばかばかしくなった、それだけのことだ」

氏家が煙草に火をつけ、カウンターの中に長く煙を吐いて、ちっと、小さく舌打ちをした。

「なあ斎木……」と、しばらく黙って煙草を吹かしてから、氏家が言った。「さっきの話、どういうことなんだ」

「さっきの、なに」

「川村さんの事件が殺人だったとかいうやつ。あれ、竹内を脅かしただけなのか」

「叔父さんから聞いたことをそのまま言っただけだ。警察では犯人を川村の交遊関係に絞ってるらしい」

「交遊関係っていえば、その……それほど広くはない」

「広くはないし、川村を殺すほど恨んでいたやつも、それほど多くないだろうな」

「麗子、恨まれて殺されたの？」と、眉毛をぼくのほうに持ち上げて、野代亜矢子が訊いた。

「怨恨《えんこん》だろうって。警察ではそう言ってる」

「信じられない。ただの事故だと思ってたのに……」

「犯人も君と同じに、油断しているだろうさ」

「妙な言い方だけど、その言い方、昔とちっとも変わらないわ。中学を出てから、会うのは初めてだっけ？」

「ずっと謹慎《きんしん》してたんだ。今だって本当は、人前に出られる身分じゃないけど」

野代亜矢子が、髪をかき上げながら、声を出さないでにやっと笑った。

「クラス会の通知、いってるでしょう？　斎木くんは知らないでしょうけど、わたし去年から幹事をやってるのよ。クラス会の幹事って、一番暇な人間がやらせられるの」

「川村もクラス会に？」

「麗子は気が向いたときだけ、ちょっと顔を出す程度だった」

氏家が野代亜矢子の向こう側から煙草の煙をとばし、鼻を曲げて、ちらっとぼくの顔に流し目をくれた。

「謹慎していたその斎木が、六年ぶりに社会復帰をする気になったのは、どういう気まぐれなんだ」

「ただの職場見学さ」と、自分でも煙草の煙を氏家のほうにとばして、ぼくが答えた。「中学の同級生が立派な社会人になっているのを見て、自分の人生を考え直そうと思った」

「考え直したって、人生なんてたかが知れてる」

「そういうふうには、まだ大人になっていないんだ」

「幻想なんだよなあ。みんな一応東京へ出てみるけど、いまごろ前橋あたりからのこのこ出ていったって、おいしいところはなにも残ってない。東京になにかあったり、人生になにかあるなんて考えるのは、頭の悪いやつの幻想さ」

「現実を見つめるっての、そんなに気持ちいいのか」

「少なくとも竹内みたいに、ぶっつんといくよりはいいじゃないか」

「さっき斎木くんが竹内くんに言った、手紙っていうの、あれはなんのこと?」と、氏家の台詞《せりふ》を無視するように、野代亜矢子が言った。

「あれは、こっちの話」

ぼくもこれ以上氏家の人生論は聞きたくなかったので、竹内の真似をしてわざとらしく腕時計を覗き、腰を上げて、ズボンのポケットからばらの小銭をすくい出した。

「コーヒー、三百五十円でいいのか」

「奢りにしておくさ、今日だけはな」と、また前髪をすくい上げて、氏家が言った。

「商売の邪魔はしない。今日だけは」

「斎木くん」と、ドアへ向かって歩きかけたぼくを、野代亜矢子が呼び止めた。「クルマだったら、家まで送ってくれない?」

「ただのシルビアだ。暴走族のしゃこたんじゃないぞ」

野代亜矢子が口を曲げて首をふり、カウンターの椅子を下りて、ドア側のぼくのほうへ歩いてきた。

「飲みに行くんじゃなかったのか」と、カウンターに肘をついたまま、野代亜矢子に、氏家が言った。

「気分じゃなくなったの。早く帰って、久しぶりに親の顔でも見てやるわ」

後ろで氏家孝一が鼻を鳴らしたが、ぼくたちはそのまま二人で店を出て、舗道ぎわに停めてあるクルマのところまで歩いていった。たしかに暴走族のしゃこたんではなかったが、姉貴はいったい、なにを勘違いしてここまでまっ赤なシルビアに乗っているのか。

「嘘みたいね……」と、走り出してすぐ、自分の家の場所を教えてから、一人言のような口調で野代亜矢子が言った。「麗子が殺されて、わたしが今、斎木くんのクルマに乗ってるなんて」

返事のしようもなく、それに言われなくても今のこの状況が『嘘みたい』であることは、ぼくにもわかっていた。ぼくらはたぶん、中学時代には口をきいたこともなかったろう。顔立ちも整っていてストレートの髪にベージュのコートも似合っているのに、中学のとき野代亜矢子がどんな女の子だったかとなると、まるで思い出せない。ぼくが覚えている野代亜矢子は、『いつも川村麗子と一緒にいた』というだけのことだった。この程度にふつうに奇麗な子では、川村麗子の光を受けて、残念ながら影すらつくれなかった。もちろんそのことを本人たちが意識していたかどうかは、別問題として。

「斎木くんが千里ちゃんと知り合いだったなんて、知らなかったわ」と、助手席で脚を組み、首筋の髪を向こうにかき上げながら、野代亜矢子が言った。

「難しい経過があってさ」と、ぼくが答えた。

「あの子、変わってるでしょう?」

「おれにはまともに思える」

「感情の表し方が麗子とは正反対なの。それでいてへんに仲はよかった……千里ちゃんも、あ、、、のことは知ってるの?」

「頭のいい子だからな」

「麗子、本当に、殺されたのかしらね」

「犯人は川村とかなり親しかったやつ」

「斎木くん、いろんなこと知ってるじゃない」

「親戚の人から聞いただけ。犯人は川村の細かい癖まで知っていたらしい」

野代亜矢子がゆっくりと躰をずらし、シートベルトに指をかけて、それを軽くダッシュボード側に引っぱった。

「桑原は、店に来ていなかったな」と、しばらく野代亜矢子の呼吸の音を聞いてから、ぼくが言った。

シートベルトに指をかけたまま、反対の手で、また野代亜矢子が右の髪をかき上げた。

「前橋って、やっぱり狭い町よねえ」

「二人の同棲はいつから？」

「去年の春。氏家くんが家をとび出して、智世のアパートへ転がりこんだの」

「桑原も一人暮らしだったわけか」

「彼女の家、兄弟が多いし、それに看護婦って時間が不規則だから……でも今、智世は友達の家に泊まってるわ」

「なにか、もめてるんだ？」

「どうかしらね。いろいろ、あるんじゃない」

「原因は野代、か」

「まさか。原因は氏家くんそのものよ」

「やつ、そんなに遊んでるのか」

「こんな町で氏家くんみたいな人、他にすることがあると思う？」

「他人のことは知らない。おれには、なかったけど」

「みんななんとなく時間をもてあまして、なんとなくつまらなくて、なんとなく青猫に集まって、なんとなく、面倒なことになっちゃうわけ」

「川村も面倒なことに？」

「麗子は別よ。麗子は、そんなことに神経を使う性格じゃなかったわ」

「それはもちろん、批判的な意味でなんだろうな」

「どうかしら。でも麗子は、やっぱり前橋へなんか帰ってくるべきじゃなかった。自分がこの町にどれぐらい似合わないか、麗子はそのことに無自覚だった」

その意味は、ぼくにもわからなくはなかったが、それをすべて川村麗子の責任とするには責任の質が、重すぎる。

「野代は中学のとき、いつも川村と一緒にいたよな」と、カーライターを使って煙草に火をつけてから、ぼくが言った。

「小学校からよ。誰も気がつかなかったでしょうけど、小学校の一年から麗子とはずっと同じクラスだった……運が悪かったのね」

「野代の高校は市女だろう」

「前女に行けるほど頭がよくなかったの」

「高校のときから、竹内は川村とつき合っていたのか」

「つき合っていた？　麗子と竹内くんが？　そういう話、どこから出てくるの」

「竹内の口からさ。やつの口からはもっといろんな話も出てくる」

溜息をついて、膝のハンドバッグから煙草をとり出し、自分のライターで野代亜矢子が火をつけた。

「可哀そうにね。竹内くん、混乱しちゃってるのよね」

「竹内が一方的に川村につきまとっていただけ、か」

「つきまとったかどうかは知らない。でも竹内くんの気持ちは中学のときからわかっていた。

もっともあのころ、麗子のことを好きじゃない男の子なんて、一人もいなかったろうけど……ねえ？」

その「ねえ」は、たんに同意を求めたものか。それともぼくをからかってのものか。野代亜矢子はぼくが川村麗子に手紙を出したことぐらい、もしかしたら、知っているのかもしれない。

「竹内のことで、川村は困っていたはずなんだが……」と、窓を少し開けてから、ぼくが言った。

「麗子がどうして困るのよ」と、灰皿で煙草をはたきながら、野代亜矢子が訊き返した。

「竹内につきまとわれて困ってる。川村は野代に、そう言わなかったか」

「言うわけないじゃない。そういうことを言う性格だったら、もうちょっと可愛かったわよ。竹内くんには悪いけど、麗子、竹内くんのことなんか完璧に無視していたわ。無視されることがどれぐらいつらいかなんて、麗子は考えたこともなかったろうけどね」

「でも東京でのことまでは、野代だって知らないだろう」

「東京でのなに？　麗子が東京で竹内くんとつき合ってたという意味？　麗子が聞いたら笑うわよ。わたしだって今、本当は笑ってるんだから」

「それなら氏家とのことは？　やっぱり笑って済ませるか」

煙草を灰皿でつぶし、脚を組みかえて、野代亜矢子が右の肘を浅くシートの背もたれに引っかけた。

「そんな噂まであったの？　氏家くんも人さわがせだけど、麗子も人さわがせよねえ」

「川村を殺したやつはもっと人さわがせだ」

「本気で？」

「なにが」

「氏家くんと麗子のこと」

「ただの噂さ。野代なら知ってると思った」

「わたしが知るわけないじゃない？　斎木くんがどう思ってるか知らないけど、他人の生活に一々首をつっ込むほど、わたしだって暇じゃないの」

「時間をもてあまして、青猫に集まってるんじゃなかったのか」

「あれは、ただの言葉のあや。氏家くんが麗子とつき合ってたかどうか、知りたければ直接本人に訊けばいいじゃない。そういうこと、氏家くんなら喜んで喋るわよ」

「野代とのことも氏家は誰かに喜んで喋ったか」

「なにが言いたいの？　想像で勝手なこと言わないでよ。そうじゃなくたって智世、今神経質になってるんだから」

　野代亜矢子はそこでまた新しい煙草に火をつけ、あとは自分の家が近づくまで、助手席の窓に視線を向けたまま黙って煙草を吹かしつづけていた。ぼくにしても野代亜矢子にそれ以上の興味はなく、とにかく今日は早く家へ帰って、風呂に入ってビールを飲んでテレビを見て寝てしまいたかった。桜子と同じ悲しさはないかもしれないが、今日は一応、親父の葬式を出した日なのだ。

「そこ……」と、市役所のほうから岩神町に下ってきた細い十字路の手前で、野代亜矢子が言った。「十字路の先の、看板の出てる家」

ぼくがその白い電気看板の文字を読んだのは、スピードを落として十字路を越え、家の前にクルマを停めた、そのあとだった。

〈内科　外科　小児科　野代医院〉

「野代の家、医者だったのか」

「意外だった？」

「べつに」

シートベルトを外し、ドアを開けて舗道に滑り出てから、ちょっとクルマの中を覗き込んで、野代亜矢子が言った。

「知らなくて当然よね。中学のときは斎木くん、わたしのことなんか、一度も本気で見なかったものね」

4

このまま死ぬまで布団を被《かぶ》っていたいと思う日が、年に何度かはある。今日がその中の一度であることは、もう二時間も前からわかっていた。下ではトイレのドアが開いたり閉まったりする音がしていたし、カーテンの隙間からは妙に強い日の光が射し込んでいた。遠く敷島公園のほうからはなんの恨みでか、意地の悪いカラスも陰気な大合唱を送りつけていた。

だがぼくは、そんなことで起きてやるほど素直な性格ではないと、自分の性格に毅然《きぜん》たる自信をもっていた。前の日はまったく寝ていないし、その前の日だって、居間に敷いた布団の中でほんの二、三時間、うとうとと睡眠らしき気分を味わっただけだった。二十一歳の健康な青年にとって、寝不足が躰《からだ》にいいわけはない。

いやな予感はしていたが、ぼくを起こしたのは、やはり桜子だった。

「電話だって言ってるのに。聞こえてたでしょう？　おにいちゃんが聞こえてるの、ぜったい知ってるんだからね」

猛然とぼくの部屋に飛び込んできて、決然と布団を引きはがし、憤然と、桜子がぼくの枕もとに立ち塞《ふさ》がった。

「今、何時《なんじ》だ？」と、ぼくが訊いた。

「十時。だから飲みすぎだって言ったんだよ。東京に出てから、おにいちゃん飲みすぎなんだもん」

「電話じゃなかったのか」

「電話よ。さっきからそう言ってるわよ」

「誰から？」

「川村さんだって。一昨日《おととい》来た人じゃない？　わたしの顔をじろじろ見た人」

「あとでかけ直すようにって……」

「起きたんだもの、自分で出ればいいじゃない」

「自分で出て、あとでかけ直せって言ったら、相手に失礼だろう」

「おにいちゃん……」

「わかった。出る。電話に出て、それから小便をして牛乳を飲んで、それからまた寝ればいいんだものな」

桜子に睨《にら》まれたまま、ぼくはえいっと起き上がり、そのままドアに突進して、ついでに階段も一気に駆け下りてやった。たった十二時間寝ただけでここまで回復するということは、ぼくの体力も、まんざらではない。

「斎木さんの家、そんなに広かったっけ」と、完璧に表情が目に浮かぶような声で、まず、千里が言った。

「ちょっと、昨夜妹に勉強を教えて、寝るのが遅かった」

桜子が階段を下りてきてぼくの尻に平手打ちを決め、それからぼくの肩にカーデガンをかけて、あとは咳払《せきばら》いをしただけで居間へ歩いていった。

「今、学校の公衆電話なの。それでね……」と、いくらか早口に、千里が言った。「昨夜《ゆうべ》大森医院に電話したら、もうやってなくて、それでさっき学校からまた電話してみたの。事情を話したら大森先生が会ってくれるって。それでやっぱり斎木さんも一緒のほうがいいかなって思って、それでね、電話したの」

「それで電話をくれたわけか、朝の十時にな」

「なにか言った?」

「いや、その、医者に会うのは、何時かなって」

「今日は土曜日でしょう? 医院は十二時半までだけど、二時ごろまではいるからって。それで二時ごろに来いって。行ける?」

「行ける、と思う」

「わたしのことも迎えに来られる?」

「来られる、と思う」

「前女の正門、知ってるわよね」

「知ってる、と思う」

「斎木さん」

「うん?」

「酔っ払ってるんじゃない?」

「ちょっと、寝ぼけてるだけ」

「しっかりしてくれなくちゃ、困るんだからね。いい?」

「いい。ぜったい、いいと思う」

「それじゃ一時半。正門の前。わかった?」

「一時半、前女の正門……よーくわかったさ」

電話を切り、ぼくはうーっと一つ深呼吸をしてトイレに行き、それからすっかり観念して居間のほうに歩いていった。

「おにいちゃんに勉強を教わったおかげで、わたし、試験に受かるみたいよ」と、炬燵《こたつ》の前に座ったぼくに、台所から無気味なほどていねいな口調で、桜子が言った。

「人生とはなにかとか、女の生きがいとはなにかとか、そういうことはちゃんと教えてる」

テレビでは『世界の結婚式』とかをやっていて、赤ら顔の大女が似合いもしないウエディングドレスを見せびらかしながら、しきりに威嚇《いかく》的な笑顔を放出していた。

「母さんと姉さんは」と、そばにあった新聞を引き寄せながら、ぼくが訊いた。

「お母さんは会社。おねえちゃんも会社へ行って、それから街にまわるって。おにいちゃんのことは当てにするなって」

「その、つぼみは、どうして学校へ行かないんだ?」

「忌引《きびき》よ、決まってるじゃない」

桜子が台所からコーヒーとツナサラダを持ってきてぼくの前に置き、テレビが正面になる位置に、ぺたんと腰を下ろした。

「おにいちゃん、洗濯物、ある?」

「昨夜みんな出した」

「おねえちゃんがクルマ、ずっと使っていいって。おねえちゃんはお父さんのクルマに乗るからって。それでガソリン入れるときは、下小出のスタンドで会社の伝票で入れろって」

「その、それで……」と、コーヒーの苦味にほとんど感激しながら、ぼくが言った。「つぼみは月曜日からは学校へ行くのか」

「行くよ。行ってももう授業なんかないけどね。あとは文集つくったり、自習で受験の勉強をするだけ」

「すべりどめは受けたのか」

「必要ないもん。おにいちゃんとちがうもん」

「おまえ、前女に行ったら、いじめられるだろうな」

「どうしてよ？　わたし、他人《ひと》にいじめられたことなんかないもん」

「怖いおねえさんが一人いるんだ。つぼみのこといじめてやろうって、今から首を長くして待ってるぞ」

桜子が口の端に力を入れ、視線をぴたりとぼくの顔に据えて、うーんと一つ低い唸《うな》り声をあげた。

「一昨日の人でしょう？　わたしのことじろじろ見て、失礼しちゃうんだから」

可笑《おか》しくなって、ツナサラダを口にいれたまま、思わずぼくが吹き出した。

「帰ってきてから、おにいちゃん、ずっとへんだよ」

「川村と聞いて、おまえ、思い当たらないのかよ」

「川村っていったって……」

「学校にいるだろう? 川村という男の子」

桜子の口が開いたまま止まり、首をすくめるように、その黒目の大きい目がぼくの顔を覗き込んだ。

「兄妹《きょうだい》の義理でつぼみが川村くんの手紙を破ったことは、内緒にしてやる」

「わたしが……」と、ゆっくりと肩を上下させながら、両方の眉を寄せて、桜子が言った。

「わたしがいつ、川村くんの手紙を破いたのよ」

「破いたと言ったろう? その子に興味がなかったから、手紙は破いて捨てたって」

「ばかみたい」

「どうして」

「だって、わたし、川村くんの手紙なんか破いてないもん」

「心配するな。本当にそのことは言わないから」

「そのことって、なによ」

「だから、手紙のこと」

桜子の耳のまわりが、気のせいか赤くなり、尖《とが》った口からなにか言葉がこぼれ出た。

「なんだ」と、ぼくが訊いた。

「だから、もらった手紙、わたしだってぜんぶは破かない」

「ぜんぶって……」

そのときになってぼくも理解したが、川村麗子の例を考えるまでもなく、桜子のところにたった一通しか手紙が来ないということも、常識では、まああありえない。

「つまりつぼみは、川村くんの手紙はしっかり読んで、机の奥かどこかに仕舞っているわけだ」

「わたしがわたしに来た手紙、どうしようと勝手じゃない？　おにいちゃんに言う必要なんかないもん。おにいちゃんて、本当、東京へ行ってからいやらしくなった」

炬燵板に手をかけて立ち上がり、鼻をひくひくやって、桜子がじろりとぼくの顔を眺め下ろした。

「本当に洗濯物、ないよね？　あとで出したって洗ってやらないんだから。それから食器、終わったら流しに出しておいてよ。流しに出して、ちゃんと水を入れておくんだから」

桜子が大股《おおまた》に居間を出ていき、ぼくは深い感慨にひたりながらテレビを消し、妙に満足した気分でコーヒーとツナサラダを味わいはじめた。たっぷりの睡眠は精神衛生にとって、やはり非常にいいことらしかった。

*

朝飯を食べ終わってもまだ十一時だったので、ぼくはもう一度トイレに行って歯をみがいて顔を洗って、それから自分の部屋に戻ってコットンパンツとセーターとツイードのジャケットとに着がえをした。これで風が出なければ光の明るさだけは、もうとっくに春なのだが。

新前橋病院は旧市街地から利根橋を元総社側に渡った、文字どおりJRの新前橋駅近くにある、個人病院としてはかなり大きな総合病院だった。

ぼくは駐車場にやっと一つ空きを見つけ、クルマを停めて自動ドアの正面玄関からゴムタイル張りの広い待合室に入っていった。親父が入院しているときもそうだったが、病院の待合室でまずぼくが呆《あき》れるのは、その病人や怪我人の数だった。病院だから病人や怪我人が集中するといってしまえばそれまでだろうが、これだけの人数を見るとどこにも躰に異状のない自分が、なにかの罪を犯しているような気分になる。

ぼくは一つも空きのない待合室のベンチの脇に立って、ちょっとの間、受付けや診察室や病室につながる廊下を茫然《ぼうぜん》と見まわしていた。思っていたよりも大きい病院だったし、廊下を行き来する看護婦の数もやはり、思っていたよりも多かった。

ぼくはしばらくためらってから、覚悟を決め、受付けに歩いていってそこにいた痩《や》せて意地の悪そうなおばさんに、できればというところを強調して桑原智世への面会を申し出た。おばさんは一瞬、じろりとぼくの顔を値ぶみしたがそれでもメスは投げつけず、内線電話でどこやらに連絡を入れてくれた。見かけほど意地が悪いわけではなかったのか、それともたんにぼくの愛想笑いが偶然、おばさんの息子にでも似ていたか。

桑原智世は、看護婦だから当然だが、白衣とナースキャップ姿で病室側の廊下から現れた。高校になってからも街で二、三回行き合ったことはあって、しかし現実に中学の同級生が中学以外の制服を着ているところを見ると、六年という時間が嘘でなかったことを思い知る。桑原智世が学生の制服から白衣に着がえたほどには、たぶんぼく自身の生活に、変化はない。

「へええ」と、近よっていったぼくに、白衣のポケットに両手を入れたまま、桑原智世が言った。「斎木くんが本当に来るなんて、思わなかったわ」

「前橋にいると暇をもてあます」

「同級生の職場見学に、まわってるのよね」

「情報が早いな」

「昨日青猫に電話したら、斎木くんが来たと言ってた。麗子のことでわたしのところへも来るかもしれないって。本気みたいだから、気をつけろってね」

首をかしげて、にやっと笑い、二、三秒黙ってぼくの顔を眺めてから、桑原智世がポケットから左手を出して腕時計を覗いた。

「当直明けだから十二時には上がれるの。待っていられる?」

ぼくがうなずき、それを見て、また桑原智世が言った。

「この前の道を五百メートルぐらい新前橋駅のほうへ行くと、右側に『キャスパー』っていう喫茶店があるわ。そこで待っててくれない?　十二時二十分には行けると思う」

ぼくは頭の中で時間と場所の念をおし、一歩下がって、あらためて上から下まで桑原智世の白衣姿を眺めてみた。特別に先入観をもっていたわけではなかったが、化粧をしていない癖のない顔に、思っていたよりその白衣は似合っているようだった。

「職場見学って、やってみるもんだな」

「この恰好、おかしい？」

「妙に似合ってるんで、妙な気分だ」

またにやっと笑って、躰を半分廊下の奥へ向けた桑原智世に、ぼくが訊いた。

「氏家、なにを気をつけろって」

「知らないわ」と、半分躰をひねったまま首だけまわして、桑原智世が答えた。「彼にとっては斎木くん、ただいるだけで要注意人物なの。知ってたでしょう？　中学のときからそうだったじゃないの」


記憶を整理するまでもなく、ぼくと桑原智世は、ずいぶんと長い間の知り合いだった。中学の三年でも同じクラスだったし、小学校では五年と六年が同級だった。桑原智世がどういう育ち方をしているのかは知らないが、彼女はその初めから優等生で、ただ勉強ができたというだけでなく、クラスの運営や友達への気の配り方や、教師への接し方など、もう腹が立つほどの優等生ぶりだった。だからといってそれがいや味だったという記憶もなく、同級生で誰か桑原智世に不愉快な印象をもったという話も、聞いたことはない。いわゆる『できた子供』というやつだったのだろうが、ぼくはぼくで、そういう『できた子供』というやつが自分の人生とはどれぐらい無関係であるか、子供の本能で感じとっていた。桑原智世は感心する存在ではあっても、恋の対象になる種類の女の子ではなかった。そしてそれは、まったく逆の立場から、桑原智世のほうにも言えたことだろうが。

桑原智世がやって来たのは、ぼくがキャスパーの通りに面した席でトマトジュースを前に置き、店にあった週刊誌を漫然と眺めはじめてから、三十分ぐらい過ぎたときだった。桑原智世は白い軽自動車に乗ってやって来た。

「二分遅れたわね、十二時二十二分」と、向かいの席に座り、腕時計を覗き込んで、桑原智世が言った。「口紅をつけるのに、二分よけいにかかったらしい」

桑原智世の唇には、さっきはつけていなかった赤い色の口紅が塗られていて、素直な顔の中にそこだけが大人っぽく、なまめかしく光っていた。

ウエイトレスにコーヒーとサンドイッチを注文してから、桑原智世が言った。

「電話で聞いたけど、麗子、事故じゃなかったとか?」

「うっかり風呂で溺れるなんて、彼女には似合わないさ」と、ぼくが答えた。

「殺されたほうが似合うという意味?」

「犯人はそう考えたんだろう」

「だけど誰が麗子を殺したわけ?　犯人は麗子と親しかった人間だなんて、斎木くん、みんなを脅したらしいじゃない」

「脅したわけじゃない。聞いたとおりを言っただけさ」

ぼくはグラスに残っていたトマトジュースを口に含み、シートの中で尻の位置を変えてから、桑原智世の視線を意識的に、強く押し返した。

「一生に一度、とんでもない勘がはたらくことがある。その勘が犯人は近くにいるって、おれに教えてる」

「斎木くんは勘に頼るような性格だったっけ」

「一生に一度くらい、頼ってもいいさ」

「その一生に一度の勘が、どうして麗子のことではたらいたの」

「だからそこが、人生の、難しいところさ」

桑原智世の睫毛《まつげ》がゆっくりと見開かれて、赤い唇からくすっと、小さい笑いがこぼれ出た。

「斎木くん、麗子のことを好きだったものねえ。見てればわかったわ。わたしたち、小学校からずっと一緒だったじゃない。恰好つけてるわりに、斎木くんて意外とシャイなのよねえ」

コーヒーが来て、それをブラックですすり、肩までの髪を、桑原智世が首をふって後ろに払い上げた。

「それで、事件のこと、具体的になにかを知ってるの」と、カップの縁から目を覗かせて、桑原智世が言った。

「君に訊こうと思った、具体的に」

「具体的に、なにを」

「たとえば、竹内と川村のこと」

カップを受け皿に置き、奇麗にそろった眉を、桑原智世が片方だけちょっと持ち上げた。

「竹内くんはもちろん、相当にいかれてたと思うけど」

「それ、中学のときから?」

「わたしたち……わたしと氏家くんと麗子と竹内くん、三年のとき学級委員だったでしょう。四人だけで相談することがあったり、休みの日にも集まったり。そういうとき、竹内くん、かなりはっきり態度に出していたと思う」

「川村のほうはどうだった?」

「知ってるでしょう? 麗子って、そういうことを口や態度には出さない子だった。わたしは高校も一緒だったけど、麗子のことは最後までよくわからなかった」

「竹内は川村と、高校のときからつき合いはじめた、と言ったけど」

「竹内くんが麗子の家にレコードを借りに行ったり、逆に本を貸しに行ったり、そういうことはあったみたいね。でもそれをつき合うって言うのかどうかは、わたしにはわからないわ」

「大学のときのことで、なにか?」

「大学のときの、なに?」

「東京で二人がつき合っていたか、どうか」

「つき合ってたの?」

「竹内はそう言ってる」

「竹内くんが、自分で言ったの?」

「自分で言った」

「つき合ってたって、どんなふうに」

「男と女として……そういうことらしい」

また片方の眉を上げ、口を結んで、桑原智世が喉《のど》の奥でくっと咳払いをした。

「麗子のことを本当にわかってた人間なんて、誰もいないかもしれないけど、でも麗子だって寂しいことぐらい、あったかもしれないわね」

「つまり、ありえなくはない……と？」

「東京で麗子がどういう暮らしをしていたか、それは知らない。でも人間て、見かけよりはみんな寂しいもんだし、寂しければ誰かと一緒にいたくなるようなことも、あるでしょう。麗子はそういうことを言わない子だったけど、竹内くんがそう言うんなら、そうだったかもしれない」

「それは、前橋へ帰ってきてからの二人の様子から、そう思うわけ？」

「前橋へ帰ってきてからって？」

「竹内につきまとわれて困ってると、川村は桑原に言わなかったか」

「麗子は、だから、そういうことは言わない子だったわ」

「聞いていない？」

「聞いてはいない。でも言われてみれば、そういうことも、ありえなくもなかったでしょうね」

「昨日も一昨日も会ったけど、竹内は少し、おかしいよな」

「二人が前橋へ帰ってきてからのことも知らないし、東京でのことなんて、もっと知らない。でも竹内くんが変わってしまったことは本当なの。今思ったんだけど、もしかしたら竹内くん、麗子とそうなったから、そうなったのかもしれない」

言われてみれば、そのとおりで、そのとおりだとすればぼくが考えていたことは、まるで順序が逆になる。ぼくは頭のどこかで、最初から竹内の言葉を信用していなかった。しかし竹内の言うことのすべてが嘘だと、決めつける根拠はどこにもない。竹内は川村麗子に相手にされなかったからおかしくなったのではなく、中途半端《はんぱ》に相手にされたからこそ、おかしくなった。そう考えて悪い理由は、どこにもない。

竹内と川村麗子は、やはりそれなりの関係があったということなのか。ぼくは自分が認めたくないというだけで、川村麗子に対する竹内の存在を無理やり否定しようとしていただけなのか。そしてもし、本当に竹内の言うとおり竹内と川村麗子に男と女の関係があったのだとしたら、川村麗子と一番親しかったのは、竹内常司ということになる。竹内は川村麗子に潔癖ぐせがあることを知っていた。服をたたむ習慣があることも知っていた。川村麗子を殺す動機もあるし、自制心のバランスも崩れている。ぼくに対して川村麗子殺しをほのめかすような言動をしているし、だいいちあの手紙自体、無意識のうちの殺人告白ととれなくもない。あまりにも単純すぎる気はするが、川村麗子を殺したのは、やはり竹内常司なのか。あの川村麗子が、本当に竹内なんかに、本当にそんなことで殺されてしまったのか。

「斎木くん、もしかして麗子を殺したの、竹内くんだと思ってるわけ」と、膝の上で手を組み、ぼくの目を覗き込んで、桑原智世が言った。

「竹内だと、思ってるわけじゃない……」と、煙草に火をつけてから、ぼくが答えた。「ただ最近の竹内、気持ちが悪いことは、気持ちが悪い。もし竹内が犯人だとしたら、桑原は、どう思う？」

「どうも思わないわよ。友達が殺されて、その犯人もまた友達だったなんて、考えるのもいや。でも人って……見かけとちがうこと、あるとは思う。竹内くんて見かけ以上に感性が鋭いの。青猫に来る人たちで同人誌をつくってて、竹内くんも一度詩を出したことがあるの。わたし、びっくりした、竹内くんてこんなに繊細だったのかって。だけど、ねえ、繊細で鋭い感性って、狂気と裏表の場合だってあるわけだし」

あの竹内のぼんやりした目の中に、繊細で鋭い感性と、それを裏返した狂気がひそんでいる。川村麗子を殺したやり方の陰湿さと緻密さは、その表れではないのか。どの角度からみても、可能性はすべて竹内の方向を指している。それなのになぜ、犯人は竹内であると、ぼくは素直に認められないのだろう。

「竹内は別にして……」と、時間をかけて煙草の火をつぶしてから、椅子の背もたれに肘をかけて、ぼくが言った。「川村とつき合っていたような男、他に心当たりはないかな。中学のときとか、高校のときとか」

「斎木くんだって知ってるじゃない」と、口を皮肉っぽく歪《ゆが》めて、桑原智世が答えた。「麗子ぐらい男の人に対してプライドが高かった子、他にいた？」

「氏家ぐらいの優等生だったら、川村のプライドも許したろう？」

「麗子からは、聞いていないわ」

「氏家からは？」

「それは、だって……」

サンドイッチが来て、その皿を脇にどけ、コーヒーを一すすりしてから、桑原智世がちょっとぼくのほうに顎をつき出した。

「だって、本当言うと、わたしと氏家くん、もう高校のときからそうだったの。だから氏家くんのことは、わたしが一番よく知ってる。麗子のほうはどうだったか知らないけど、氏家くんの気持ちが麗子に動いたなんてこと、一度もなかったわ」

「それは高校のときだけの話だろう」

「どういう意味？」

「桑原は今、アパートを出ていると聞いたからさ」

一瞬言葉を呑み、短く息を吐いてから、桑原智世が額に皺を寄せて、目の端でちらっとぼくの顔を盗み見た。

「それは、別の問題なの」

「大きなお世話ってやつか」

「はっきり言うとね。でも斎木くん、わたしが言わなかったら、誰か別な人から聞くわけでしょう」

「今度のことではおれも本気らしい」

「そういうのを脅迫というの。そんな言い方するから、斎木くんみんなから怖がられるのよ」

サンドイッチを指でつまみ、うまくもなさそうに一つを食べてから、桑原智世が言った。

「麗子のことと、わたしや氏家くんのことがどう関係しているのか知らないけど、わたしが今友達の家にいるのは、氏家くんとの間にちょっとしたもめごとがあるだけ」

「桑原が気分転換のためにアパートを出てるなんて、思っていないさ」

「変わらないわね。斎木くん、小学校のときからそういう喋《しゃべ》り方してたものね」

「いや味な子供だったろうな」

「問題は氏家くんなの。彼、東大を三回つづけて落ちて、少し自棄《やけ》を起こしているの。スナックなんかやるの、わたしは反対だった。氏家くんはあんなことで終わる人じゃないの。わたしとしては群大の医学部へ行って、お医者になってもらいたいの。彼ならそれぐらいのこと、できるはずなのよ。わたしが働いてるんだからスナックなんか今すぐやめて、来年のための勉強を始めてほしい。それなのに、なかなか……ね？」

「なかなか、だろうな」

「でもだいじょうぶ。乗りかかった舟だもの。わたし、氏家くんをあんなことで終わらせない自信がある。昨日も電話で話して、アパートへ戻ることになって、それで二人でもう一度、ちゃんと話し合うことになったの」

「桑原もへんなところで、苦労するよな」

「中学のときから六年もたてば、みんな子供じゃなくなるの。そういうことよ」

桑原智世が歯を見せずに笑い、あとは黙ったまま、しばらくコーヒーとサンドイッチを交互に口へ運びつづけた。

　自分の腕時計で一時が近いことを確かめてから、ぼくが言った。

「昨日、青猫で野代に会ったけど、彼女は今、高崎の大学だって？」

「高崎の上越女子大」と、膝の上で紙ナプキンを折り返しながら、桑原智世が答えた。「家政科だっていうけど、結婚するまでの時間つぶしでしょうね」

「けっこう奇麗なやつなのに、会うまで顔を忘れていた」

「中学のときまでは、だって、麗子の影みたいな子だったもの……でも高校へ行ってから変わったらしいわよ」

「変わったって」

「噂がね、前橋にいると、いろいろ耳に入るの」

「派手になったとか、遊びはじめたとか」

「そんなところかしら。噂なんてみんなそういう種類のものじゃない」

「高校は市女だったよな」

「わざと市女へ行ったのよ。目立たなかったけど、勉強はできたしね。市女へ行って麗子と縁を切りたかったんだと思うわ」

「そして実際、飛んでしまったわけか」

「麗子の影みたいな存在ではあったけど、一人の人間が誰かの影であることなんて、本当はありえないもの。みんな誰でも、自分の存在証明をしたいものよ。亜矢子は亜矢子なりに、頑張ったわけでしょうね」

「あぶないな」

「なにが」

「あのタイプ、存在証明を頑張りすぎるタイプだ」

いつの間にか、桑原智世の膝の上で紙ナプキンが鶴に変わっていて、その折りあがった鶴を、桑原智世がぽいと、ぼくの手に飛ばしてよこした。

「気楽に見えても、みんなけっこう、ぎりぎりのところで生きてるのかもしれない」と、ジーンズの脚を組んで、桑原智世が言った。「早く歳《とし》をとりたいな。早く五十とか六十とかのお婆さんになって、二十歳《はたち》のころはこんなに大変だったなんて、近所のお婆さんたちとお茶を飲みながらお喋りするの。ねえ、いいと思わない？」

「そのときおれが近所の爺さんになってたら、仲間に入れてくれ」

「それで今度はわたしが、斎木くんのことをいじめるの……小学校のときのお返しにね」

「君にいじめられることとなんか、してないだろう」

「都合の悪いことは忘れる性格？」

「努力はしている」

「でも歳をとったら、お茶を飲んでお喋りをして、斎木くんが忘れたことをみんな思い出させてやるの。覚えてる？　六年の二学期の学級委員選挙で、わたしのこと、わざと落としたでしょう」

「あれは……」

「知ってるのよ。斎木くんがクラスの子たちを脅して、わたしに票を入れさせなかったこと」

「あれは、おれの、君に対する愛だ」

くすっと笑って、組んだ脚の膝に手を置き、桑原智世が頰の髪をふり払った。

「わかってるわ。本当はあのとき、わたしもほっとしたの。担任だった大糸《おおいと》うめ先生、五年生のときからずっとわたしのこと贔屓《ひいき》していて、わたしはそれが苦痛だったの。だからあのときの選挙、あ、斎木くんがやったなって思って、他人のことみたいに大糸先生がいい気味だった。あのときの大糸先生の顔、今でも覚えてるわ」

「努力していることが、もう一つある」と、テーブルの伝票を自分のほうに引き寄せながら、ぼくが言った。「相手が自分に都合の悪い話を始めたら、恰好わるくても、とにかく逃げ出すこと」

立ち上がったぼくの顔を、首をかしげて、下から桑原智世が覗き込んだ。

「今気がついたんだけど、斎木くん、二人だけで会うの、今日が初めてだったわね」

「臆病でさ。子供のころから怖いものには、近寄らない主義だった」

「わたし、もう少し休んでいくわ」

「そういえば思い出した」

「なにを」

「あの学級委員選挙のあと、大糸先生がおれに言ったこと」

「大糸先生は斎木くんに、なんて言ったの」

レジのほうに少し歩いてから、ふり返って、ぼくが答えた。

「あなたのような子は、ぜったい地獄に落ちますってさ」

＊

一時半にはまだ十分ほどあったが、いくらぼくでもこのまっ赤なシルビアを前橋女学園の正門に横づけするだけの度胸は、なかった。ぼくは正門から百メートルほど西にクルマを停め、カーステレオにテープをセットして千里を待ちはじめた。

日射しの暖かさのせいか、校門からぱらぱらとこぼれてくる女の子たちの白いソックスのせいか、今がこの町で一番寒い季節であることを、つい忘れそうになる。それにしても姉貴は島倉千代子の『人生いろいろ』ばっかり、なぜこうもくり返しテープに入れておくのか。

千里が正門からひょっこり顔を覗かせたのは、島倉千代子が四回めの『人生いろいろ』を歌いはじめた、そのときだった。他にも制服の女の子は何人もいるのに、千里は可笑しいぐらいかんたんに見つかった。まず二、三歩正門から歩道に駆け出し、背伸びをするように道の両側を見まわしてから、ぴたりとクルマのほうに視線を定めてきた。そしてなぜかそこに立ったまま、学生鞄を頭の上に大きく差し上げてみせたのだ。こちらに歩いてくる様子を見せないということは、そこまで迎えに来いという意味なのだろう。

ぼくは内心、かなり恐慌をきたしたが、それでも『人生いろいろ』を止め、クルマをゆっくりと千里のところまで近づけていった。前女の正門前にクルマを横づけするなんていう野蛮な行為は、本来ならなにかの罪になるはずだった。

窓の外で一度、くちゃっと顔を歪めてから、千里が勢いよくドアから飛び込んできた。そのことに問題はなかったのだが、問題は門の奥に隠れていた、十人ほどの女の子だった。女の子たちは一斉に喚声をあげ、バンザイをしたり飛びはねたり、中には口笛を鳴らした子までいた。ぼくは慌ててクルマを出したが、千里のほうは助手席の窓に貼りつき、Vサインをつくって、後ろをふり返りながらいつまでもそのVサインをふり回しつづけた。

「学校でなにか、へんな遊びがはやってるのか」と、やっと一つめの信号を越してから、わざと鼻を鳴らして、ぼくが訊いた。

「だって……」と、学生鞄を後ろの座席に投げ出して、千里が答えた。「みんなが見たいって言うんだもの」

「みんなが、なにを」

「彼氏がクルマで迎えに来るって言ったら、みんなが見たいって。それなら見ればいいじゃないって言ったら、みんなが残ってたの」

ぼくに言葉はなかったが、立場上、大人としての節度だけは、示す必要がある。

「校則では禁止だろう。その……彼氏に、クルマで迎えに来させるみたいなこと」

「原則は原則、現実は現実。それに今日は社会的に正当な理由があったもの。教育委員会だって文句なんか言わないわよ」

教育委員会の実態までは知らないが、論理的には千里の意見も、正しいのか。あれが女子高校生で、あれが健全な高校生活なのだといわれれば、それもたぶん、そうなのだろう。

「東京の水谷さんとの連絡は、ついたのか」と、シートベルトを胸の前に引っぱっている千里に、ぼくが訊いた。

「今言おうと思ったの。そうだ……」

シートベルトを着けるのを途中でやめ、躰をひねって、千里が投げ出したばかりの鞄をまた膝の上に引き戻した。

「これ、警察から戻ってきた麗子ちゃんの薬」と、鞄から出した医者の薬袋をフロントガラスの前に置いてから、千里が言った。「それで水谷さんはね、連絡がとれなかったの。お家《うち》の人に伝言はしておいたけど、また今夜電話してみる」

「水谷さんて、もともと東京の人？」

「世田谷《せたがや》だって。麗子ちゃんと一緒に短大を出て、またデザイナーの学校へ行きなおしてるの。水谷さんがデザインした服を麗子ちゃんが自分のブティックで売るって、二人でそんなこと、話してたんだって」

また鞄を後ろの席に放り、今度はシートベルトをしっかり締めて、千里が天井に向かって背伸びをした。

「いいお天気。このままどこかに、ドライブへ行きたいな」

「期末試験はいつから」

「いつだったかな……来月の、十三日だっけな」

「前女に自然科学部があるのは、本当か」

「誰に聞いたの」

「有名だっていうからさ」

「そうじゃなくて、わたしが自然科学部に入ってること、誰に聞いたのか」

思わずぼくは、絶句して、それから桜子に当然訪れるであろう危機を、本気で心配した。桜子が前女へ行くのはいいとして、自然科学部にまで入るというのは、どんなものか。

「その自然科学部、下級生いじめとか、そういうのは、ないんだろうな」

「今まではね」

「今までは？」

「今年から方針を変えるの。生意気な下級生が入ってきたら、ってってい的にいじめてやるの」

「あの、なあ」

両手で自分の口を押さえ、足をばたつかせて、千里が腹痛でも起こしたように、ぐわっと吹き出した。

「冗談よ、決まってるじゃない。あの桜子っていう子、自然科学部に入るんでしょう？　斎木さんて思ってること、顔に出ちゃうんだもの」

「君が自然科学部だっていうの、あれも冗談か」

「不思議なのよねえ、それは本当。だから、ねえ、心配することなんて、なにもないわけよ」

そう言われるとよけい心配ではあったが、そんなことをぼくが心配しても、仕方がない。ぼくなんかには理解できない運命の必然とかいうやつで、千里と桜子が前橋女学園開校以来の恐怖コンビになってしまう可能性だって、なくはない。そうなって困るのはもちろん、ぼく一人だろうが。

「君の弟、名前を、聞いたっけ」と、背筋をのばして、気合いを入れなおしてから、ぼくが訊いた。

「言ってないと思う、健太《けんた》っていうの」

「健太……その健太くん、君から見て、どんなタイプだ」

「いわゆるハンサムじゃないけど、子供のくせに、へんにしぶいところがあるわ」

「高校の入試が終わったら、うちの妹を映画にでも誘うといい。おれからの極秘情報だって、そう言ってやれ」

「それ、信用できる情報？」

「かなり、信用できる」

千里が、へええというように目を見開き、横からぼくの腕をつついて、ふふっと不気味な笑い方をした。

「羨《うらや》ましいなあ。ねえ、若いっていいわよねえ」

横山町の大森医院は県庁前通りから国道の一つ西の細い道を北に下った、やたら医者ばかり多い区画の中にあった。県庁のある場所が厩橋城《まやばしじょう》の跡だから、位置関係からしてこのあたりは昔、武家屋敷が並んでいたところだろう。空襲で焼けた前橋に古い家並みは残っていないが、それでも郊外の新興住宅地なんていうものよりはどことなく、歴史の匂いが感じられる。

ぼくは狭い駐車場に頭からクルマを入れ、古い玄関から千里と一緒に大森医院の暗い待合室へ入っていった。土曜の午後になると急にこの世から病人がいなくなるわけでもないだろうが、その狭い待合室にも廊下にも、患者どころか看護婦の姿も見えなかった。

千里が受付けの四角いガラス窓から中を覗き込み、声をかけると、奥から男の人が返事をして、ぼくたちは横のドアから診察室へ入っていった。

中にいたのは建物ほど古くはなかったが、医者のくせにこんなに太っていいのかと思うような、白衣がパジャマの上着みたいに見える五十歳ぐらいのおじさんだった。診察室にはもう一人、銀縁の眼鏡をかけたおばさんがいて、そっちの人はぼくらに見向きもせず、気難しい顔でひたすら机の電卓を叩きつづけていた。

「麗子ちゃん、気の毒なことしたねえ」と、千里を診察用の丸椅子に座らせ、ちらっとぼくの顔を見てから、煙草に火をつけて、医者が言った。「いつだったか刑事が来て、薬のこととか麗子ちゃんのこととか、訊いていったっけ」

「薬って、これですよね」と、ジャケットのポケットから薬の袋をとり出し、千里の肩越しに医者に渡して、ぼくが言った。

「ええと……君は？」

「麗子さんの友達、でした」

「麗子ちゃんの彼氏だった人」と、医者のほうに強くこっくりをして、千里が言った。

「君が……そうか、それじゃ君も、さぞ残念だったろう」

千里のいたずらに内心は憮然《ぶぜん》としたが、一瞬考えて、話の都合上ぼくも悲しみと怒りに満ちた川村麗子の元恋人役を演じることにした。

「ぼく、今は東京にいるので、前後の事情がわかりません」と、演技過剰に気をつけながら、ぼくが言った。「彼女がこんなふうに死ぬなんて、納得できないんです。彼女はこういうふうに死ぬはずの人じゃなかった」

「君の気持ちも、わかるんだけどねえ」と、掌《てのひら》に袋の錠剤をふり出し、それをまた元に戻しながら、医者が言った。「わたしとしても医療上、間違った処方をしたわけじゃないんだよ」

「彼女は知っているかぎり、睡眠薬なんか……」

「わたしだって麗子ちゃんに睡眠薬を出したのは、初めてだったよ」

「彼女はいつから、それを？」

「いつからもなにも、これが初めてだった。もちろん他の医者からもらっていなければの話だけど」

医者が白い紙ばさみからカルテを一枚抜き出し、窮屈そうに脚を組んで、煙草をくわえたまざっと目をとおした。

「二月の三日だったな。麗子ちゃんが風邪が治らないと言ってやって来た。熱があるわけじゃなし、寝込むほどでもないけど、どうも頭がはっきりしないと。麗子ちゃんが自分から医者に来たくらいだから、よっぽどつらかったんだと思うよ。千里ちゃんとちがって、我慢強い子だったね」

「それ、どういう意味ですか」と、腕を組んで、診察椅子の上から、千里がぐっと医者の前に顎をつき出した。

「それは、そういう意味だよ。学校の帰りに盲腸だと大騒ぎして来る子とは、ちがうっていう意味さ。そういえば、どうしたね、あの盲腸は」

「あれは……」と、つき出していた顎をもぞもぞっと引っこめて、千里が肩をすくめた。「あれは、もう、いいです」

「あれからはちゃんと出てるかな？」

「あれは、だから、あのことは、もういいんです」

「とにかく気をつけることだね。たかがおならといっても、ばかにするとああいうことがあるからなあ」
二、三秒、診察室の中に重い沈黙が流れたが、精一杯気をとりなおして、ぼくが訊いた。
「風邪の治療のために、先生は、麗子さんに睡眠薬を？」

「まさか……」と、灰皿の中で、ていねいに煙草をつぶしながら、医者が答えた。「だらだら長引くのはたしかに、今年の風邪の特徴ではある。だけど麗子ちゃんの場合は過労だった。いろいろ訊いてみたら、なんだか大変みたいでねえ」

「仕事のことで？」

「仕事もなにもかも。会社が終わったあとブティックでアルバイトをしたり、自分で商品流通の勉強をしたり、それに、やっぱり、家のことなんかも考えてたらしいよ。麗子ちゃんは見かけによらず、生真面目だったから」

ぼくと千里の反応を確かめてから、一つ息をついて、医者がつづけた。

「それで眠れるのかって訊いたら、麗子ちゃんは眠れないと言う。過労とストレス、あとはまあこの寒さのせいで、いくらか憂鬱《ゆううつ》になっていたんだろう」

「それで睡眠薬、ですか」

「薬のことは麗子ちゃんのほうから言い出したんだ。友達に看護婦がいるとかで、習慣性のない導眠剤があると聞いたらしい。もちろんまったく習慣性のない薬なんてあるわけはないけど、眠れないでストレスを溜めることと、薬の力を借りてでも眠ることと、どちらが躰にいいかってことになると……まあ、難しい問題なんだがね。それでとりあえず、一週間だけ試してみるかってことになった。わたしもあまり、若い人に導眠剤はすすめたくはなかったんだが」

「薬がききすぎた、ということは考えられますか」と、千里の肩越しに、医者が机に置いた薬の袋をとり上げて、ぼくが言った。

「警察から問い合わせがあって、わたしもそのことを考えたんだがねえ」

新しい煙草に火をつけ、机の端に肘をかけて、医者がぼくのほうに目を細めた。

「今見たら、薬も一錠しか減っていない。こいつはどこの医者でも使う一般的な導眠剤で、量さえ間違えなければあんな事故が、起こるはずはないんだ」

「具体的にはどれぐらいの効果が？」

「そりゃまあ、いわゆる睡眠薬だから、眠気を誘う効果がある」

「躰の制御がきかなくなるほど？」

「それは考えられない。定量以上に飲めば話は別だが、麗子ちゃんは一錠しか飲んでいないわけだし……もっとも大量のアルコールが一緒だったとか、徹夜あけだったとか、そういう条件が重なればかなり朦朧《もうろう》とはするだろうけど、しかし君、医者としてはそういうことにまで責任は負いきれないよ」

「中味が、先生が渡したものとは変わってるみたいなこと、ないでしょうね」と、袋の中に白い錠剤が六個入っていることを確かめてから、ぼくが訊いた。

「それもさっき見てみた。間違いなくうちで出した薬だし、警察から聞いた話とも一致している」

「彼女が特異体質だったようなことは？」

「子供のころから診《み》てるが、特異体質でもなかったし、この薬に対するアレルギーももってはいなかった」

「袋に書いてある、〈就寝一時間前に一錠服用〉っていうの、これ、一般的な目安ですか」

「ふつうの人には、ふつうはそれぐらいの時間できいてくる」

「人によっては急にきいてしまうことも？」

「薬のきき方には、みんな個人差があるもんだよ。だけどその個人差を配慮して定量が決められている。麗子ちゃんだけ特別……つまり、君が考えているように、麗子ちゃんだけ特別にこの薬で気を失ったようなことは、ありえないね。君や千里ちゃんには気の毒だけど、麗子ちゃんのことは悪い条件がたまたまぜんぶ重なってしまった、本当に気の毒な、偶然の事故だった」

医者がまた煙草をていねいに灰皿でつぶし、カルテを紙ばさみに戻して、電卓を叩いているおばさんのほうにそのでかい顔を、ぬっとつき出した。

「そっちはどうかな、そろそろ上がれるかね」

「もう終わります。あと二、三分です」と、電卓を叩いたまま、面白くもなさそうな声で、おばさんが答えた。

セーラー服の胸の前で腕組みをつづけている千里に、ぼくが訊いた。

「君はどうする？　ついでに今日も、盲腸を診てもらうか」

口を固く結んだまま、千里が首を横にふり、立ち上がって、ふり返りもせずに大股で診察室を出ていった。

呆気《あっけ》にとられたような顔の医者に、一応会釈をして、ぼくが言った。

「彼女は今度のことで、動揺しています」

「無理もないが……麗子ちゃんは千里ちゃんのことを、可愛がってたからねえ」

「お忙しいところお邪魔しました」

「君もあまり落ち込まないようにな。医者なんて人が死ぬのを見るのが商売みたいなもんだが、でも麗子ちゃんみたいに若くて奇麗な子が死ぬというのは、聞いただけでも気が滅入《めい》るよ」

ドアに歩きかけて、思いなおし、ぼくは医者をふり返った。

「子供のときから見ていて、先生は麗子さんに、どういう印象を？」

「それは、まあ、難しい質問だが……」と、椅子に座ったまま白衣のボタンを外し、煙草の箱に手をのばしながら、医者が言った。「かなり頑《かたく》なな子ではあったろうなあ。君は彼女の、家の事情を？」

「はい、一応」

「もともとは素直な子なんだよ。素直で繊細な子にああいう家庭的な変化が起きると、ふつうより頑なで、意地っぱりな子供になってしまうことがある。初めてここへ来たときには、自閉症ぎみなところもあって、だけど頭のいい子だったから、いろんな問題をぜんぶ自分で解決してきたわけさ。なかなか他人に心を開かない子だったが、根は優しかった……まあ、そんなところかな」

ドアへ歩き、ノブに手をかけてから躰の向きをかえ、白衣の下に現れたその紫色のセーターに向かって、ぼくは深く頭を下げた。

「ありがとうございました」

ぼくがクルマに戻ると、千里はもう助手席に座っていて、念力で開けようとでもするようにグローブボックスの蓋を睨みつけていた。腕を組んだ鼻の形には鬼気迫るものが感じられ、しかしぼくとしてもまさかクルマを捨てて、逃げ出すわけにもいかなかった。

どこへ向かっていいのかはわからなかったが、とにかくぼくはクルマをスタートさせ、脇道をぬって国道の下り車線に出た。千里が家に帰るというのなら立川町交番の手前を、左に曲がればいい。

＊

「忘れてたけど、君、昼飯は？」と、口を開こうとしない千里に、恐る恐る、ぼくが訊いた。

しばらく返事をしなかったが、やがて腕組みを解き、左肩をドアのほうへ引いて、千里がぼくの横顔を睨みつけてきた。

「斎木さん、わたしがおならをすること、知ってました？」

「いやあ……」

「おならをする子、嫌いですか」

「いやあ、べつに」

「好きなんですか」

「べつに、好きってことは……」

「やっぱり嫌いなんでしょう?」

「そういう意味じゃなくて、なんていうか、おならが趣味という子は困るけど、そうじゃなければそういうことは、どっちでもいい」

「あのときは本当に、盲腸だって思ったんだもの。わたし、おならなんか趣味じゃないわ」

「うん、そういうことは、顔を見ればわかる」

本当に顔を見てわかるのかどうか、自信はなかったが、どっちみち趣味でおならをする女の子なんて、めったにはいない。

「それで、昼飯だけど……」と、いくらか静かに呼吸をするようになった千里に、ぼくが訊いた。

「お腹は、すいた」と、唸るように溜息《ためいき》をついてから、千里が言った。「もうぜったいお腹がすいた。怒るとわたし、ものすごくお腹がすくの。だけど、ねえ、あのやぶ医者、失礼だと思わない? お医者って患者の秘密を守る義務があるのに。わたしだって今度、ぜったい言いふらしてやる」

「なにを?」

「気がつかなかった? 大森先生、あの事務の女の人とできてるの。二人でホテルに入るところ、うちのお父さんが見たんだって。ちゃんと奥さんも子供もいるのに……わたしを怒らせたらどんな目にあうか、思い知らせてやるわ」

あの異様に太って、異様な色のセーターを着た医者が気の毒な気はしたが、ぼくにしても他人のことを暢気《のんき》に心配できる立場ではない。千里を怒らせたらどんな目にあうか、今ではもう、だいたいの想像はつく。

けっきょくぼくは立川町では曲がらず、そのまま国道を渋川方向へ下って、道路ぞいに新しくできたファミリーレストランに入っていった。セーラー服の千里にはパステルカラーの、日当たりのいいレストランがよく似合う。

二人で同じスペシャルピザセットとかいうやつを注文して、最初にやって来た薄いコーヒーを飲みながら、ぼくたちはあまり喋らず、国道を行き来するクルマの流れをぼんやりと眺めていた。土曜日の午後ということでクルマの量は当然、下り車線のほうが多い。中には屋根にスキー板を積んだクルマも交じっていて、新潟方面に向かうクルマはみなナンバープレートの数字が読みとれるほどに、のろのろと走っている。

千里ではないが、ぼくも内心では、事件のことなど忘れてこのままどこかドライブにでも行こうかと、けっこう本気で考えていた。殺したの殺されたのという話が千里に似合うはずはないし、それはぼくにしたって同じことだろう。四日もつづけて顔を合わせていると、なんのためにぼくたちがこうやって会っているのか、つい忘れそうになる。

「事件のこと……」と、横顔に日射しを受けて、テーブルに頰杖《ほおづえ》をついている千里に、ぼくが言った。「ぼんやりとわかりかけてきた気がする。一応は、報告しようか」

「嘘みたい。なんだかみんな、ぜんぶのことが嘘みたいね」と、頰杖をついたまま口の端を歪めて、千里が答えた。「麗子ちゃんが殺されて、わたしたちがその犯人を捜してるなんて、信じられなくなってきた。ぜんぶが嘘だったらいいのにね。こんなにお天気がいいのに……」

ぼくももちろん、これ以上その話はしたくなかったが、ぼくと千里の関係において川村麗子の死を避けて通ることは、やはりできないことだろう。

「昨日あれから、青猫へ行ってみたんだ。君、青猫は知ってるよな」

頬杖を外して、千里がこっくんとうなずいた。

「竹内もいたし、野代亜矢子もいた。もちろん氏家も。それから今日は午前中、新前橋病院へ行って桑原智世にも会ってきた。君や家族の人は別にして、前橋ではこの四人が君の姉さんと親しかった。犯人は彼女と親しかった人間……昨日、そう言ったよな。彼女の部屋を見てそう思ったし、今だって確信している。それでもし、親しい人間の誰かが犯人だとしたら、可能性は竹内が、一番高い」

千里の目がぼくの顔に焦点を結び、唇が開いて、短い溜息が、ほっとこぼれ出た。

「竹内さんが、でも、どうして……」

「基本的には竹内自身の問題さ。だけどかんたんに言えば、彼女にふられたから」

「そんなことで？　そんなことで、麗子ちゃんが？」

「現象自体はかんたんだけど、竹内の心の動きは、複雑なんだと思う」

ウエイトレスがミックスピザと小鉢に盛ったサラダを持ってきて、注文の念をおし、ばかていねいなおじぎをして厨房へ下がっていった。『ぜったいお腹がすいた』と主張したわりには千里も、ピザにすぐ手はのばさなかった。

「一番の問題は竹内の神経が、参っているらしいことだ」と、フォークで野菜サラダをつつきながら、ぼくが言った。「親父の通夜の日、久しぶりに竹内と会って、おれ自身びっくりした。中学のときはあんなやつじゃなかった。少し気の弱いところはあったけど、勉強もできたし、明るくて癖のないやつだった。それなりにみんなから好かれていたとも思う。その竹内があんなふうに変わった原因は、やっぱり君の姉さんにある。彼女自身に責任があるかどうかは別にして、竹内は自分の価値基準を、ぜんぶ彼女を中心につくりあげた。竹内の頭がなぜそうしたのかは、他人にはわからない。わかったところで意味もない。だけどあの手紙……君も見た昨日の手紙、あれに書いてあることが竹内の彼女に対する気持ちであることは、間違いない。あの手紙には殺人の動機が、ちゃんと書いてある」

「でも……」と、やっと食欲をとり戻したのか、ピザに手をのばして、千里が言った。「あの手紙があそこにあったということは、麗子ちゃん、あの手紙を読んでいなかったということじゃない。つまりね、竹内さんは、麗子ちゃんが死んだことを知らなかったから手紙を書いたわけでしょう?」

「理屈では、一応、そうなる。彼女が殺されたのは六日の午後十一時前後。発見が次の日の午後二時。遺体が警察から返されたのは?」

「その日の、夜遅く」

「みんなに彼女が死んだことを連絡したのは、いつ?」

「親戚にはすぐ連絡したけど、桑原さんや野代さんには、八日になってから」

「手紙の消印は八日だった。だから竹内があの手紙を出したのは、七日の夜から八日の夕方までの間だ。手紙に書いてあることが本当だとして、竹内が手紙を出したのが七日の夜から八日の夕方までだとすれば、竹内も彼女の死を知らなかった可能性がある。ただ八日の朝には新聞にも出たわけだから、竹内がまったくその事実を知らなかったというのも、納得できない」

「つまり、どういうこと？」

「竹内はどっちみち、八日には彼女の死を知っていた。もしかしたら六日の十一時には、知っていたかもしれない。だとしたら竹内は、あの手紙を彼女に読ませるためではなく、君とか、君の家族とか警察とか、彼女以外の人間に読ませるために書いた」

「どうしてそんなことを？」

「竹内は君の姉さんと自分の関係を、他人に認めてもらいたかった。竹内が本当に彼女とつき合っていたかどうか、知ってる人間は誰もいない。たとえどんな形であれ、自分と彼女の関係をみんなに認めさせて、それを自分の存在証明にしたかった」

「そうかなあ。なにか、おかしいな」

「なにが」

「竹内さんが麗子ちゃんを殺した犯人なら、そんなあぶないこと、するかなあ」

「犯人がふつうのやつなら、そんなことはしないと思う。事件とも彼女とも、なるべく関係なかったようにふるまうと思う。だけど……」

「竹内さんは、ちがう？」

「やつの価値観は今、あまり常識的じゃない」

「それでもやっぱり、なにか、へんだな」

「なにか、か?」

「たとえね、麗子ちゃんが竹内さんとつき合っていたのが本当で、犯人も本当に竹内さんだったとしても、やっぱりなんとなく、ぴんとこない」

「本当いうと……」と、コーヒーを一口すすって、千里の視線を確かめてから、ぼくが言った。「おれも本当いうと、ぴんとはきていない。今まで言ったのは状況のつみ重ねと、その状況から出てくる、妥当な結論だ」

うんうんとうなずきながら、それでも手と口は休めず、千里が目でぼくの次の言葉を催促した。

「おれがぴんとこない理由は、君と同じだと思う」

「わたしはただ……ただ、ぴんとこないだけ」

「理屈で考えれば、どうしても竹内が怪しい。みんな理屈で考えて、今度の事件は彼女と親しかった人間の犯行という結論が出て、そのままの理屈では、どうしたって犯人は竹内になる。だからぴんとこない理由は、理屈じゃないんだ。もしかしたらおれの竹内に対する嫉妬《しっと》かもしれないけど、本当のところは、自分でもわからない。ただ彼女が殺されたんだとしたら、犯人はそれに相応《ふさわ》しい人間であってほしいと思う。竹内が川村麗子殺しの犯人として相応しいやつかどうか、そのへんが、どうにもぴんとこない。おれの偏見かな。それともやっぱり、ただの嫉妬なのかな」

紙ナプキンでその形のいい唇を拭い、ぼくのほうに目を見開いて、千里が小さく首を横にふった。

「ちがうと思う。嫉妬や偏見じゃないと思う。わたし、言葉では言えなかったけど、わたしも斎木さんと同じふうに思う。竹内さんが犯人だとしたら、麗子ちゃんが可哀そうすぎる……もちろん斎木さんが犯人ならいいとか、そういうことじゃないけどね」

「もし竹内が犯人だったとしても、もう少し様子をみたい。竹内だとか青猫の連中だとか、彼女と直接関係があったやつじゃなくて、誰か……」

ウエイトレスが『おかわり自由』のコーヒーを持ってきて、ポットから黙って二つのカップに注ぎ、黙ってまた次のテーブルへ移っていった。

「君、青猫へ行ったことは？」

コーヒーのカップをとり上げて、千里が、うんとうなずいた。

「カウンターで働いている、丸顔で、ちょっと目のつり上がった子、覚えてるか」

「髪をソバージュにした子？」

「髪をソバージュにして、唇をとんでもない色に塗った子」

「あの子、夜だけのアルバイトじゃなかったかな。昼間はどこか、専門学校へ行ってるんだと思う」

「名前は？」

「みんなきよちゃんて呼んでる。阿部清美《あべきよみ》っていったかな」

「彼女と青猫以外のところで、連絡がとれないかな」

「住所ならわかるけど」

「わかる？」

「だってきよちゃん、麗子ちゃんのお葬式に来てくれたもの。会葬者名簿に住所と名前が書いてあった」

「葬式に、か。それで住所は、どこ？」

「富士見村《ふじみむら》の……どこだったかなあ、今知りたい？」

「できれば」

目でうなずき、立ち上がって、セーラー服のスカートを揺らしながら、千里がドアのそばにある電話機まで歩いていった。ぼくは煙草に火をつけ、椅子に背中をあずけて、送話口に向かってうなずいたり口を尖らせたりする千里の横顔を、ぼんやりと眺めていた。性格も雰囲気も表情のつくり方もまるでちがっているのに、千里の横顔はどこかやはり、ぼくに川村麗子を思い出させる。

「横室《よこむろ》だって……」と、戻ってきて、元の席に座りながら、千里が店の備えつけらしいメモ用紙をぼくの前に滑らせた。その紙には嬉しくなるほど下手な字で〈勢多郡《せたぐん》富士見村横室874 7〉と書いてあった。

「横室なんて、聞いたことある？　家にお母さんしかいなくて、どの辺《へん》だかわからないって言うの」

『富士見』というぐらいだから、どうせ昔は富士山でも見えたのだろうが、ぼくが知っているのはそれが前橋の北どなりにある村ということだけで、その中にまた細かい地名があるなんて、思ってもいなかった。

ぼくは煙草をあと二口だけ吸い、それを灰皿でつぶして、たった今千里が使った電話機のほうに首をのばしてみた。電話が置かれている下の棚にはぶ厚い電話帳が何冊か積まれている。ぼくは電話のところまで歩いて『勢多郡』のある県央版を探し、それを持って元の席に戻った。

田舎では同じ姓が多いことは知っていたが、それにしても富士見村の『阿部』の、なんと多いことか。同じ字を書く阿部が、思わず溜息が出るほどどこまでもつづいている。横室だけでもだいたい三十戸はあったが、ぼくはその中からやっと『8747の阿部』さんを見つけ、その名義人と電話番号をメモの横に書き写した。

「電話帳に『犯人』というページがあって、それに住所と名前が載っていれば、かんたんなのにな」

立ち上がってメモと電話帳を持ち、ぼくはまた電話まで歩いて、持っていた十円玉をぜんぶその中に放り込んだ。

五回めのコールのあと、女の人の声がして、それが阿部清美だった。

「覚えてるわ。昨日青猫に来た人でしょう?」と、ぼくの名前を聞いて、阿部清美のほうがぼくのことを思い出してくれた。

「今日も青猫に出る？」と、ぼくが訊いた。

「今日は休み。学校も休みだから」

「前橋には……」

「行かない」

「ちょっと、訊きたいことがあるんだ」と、腕時計を見てから、ぼくが言った。「これから行ってもいいかな、時間はとらせない」
二、三秒間があってから、例の愛想のない声で、阿部清美が答えた。
「こっちは、かまわないけど？」

「それじゃすぐ……ええと、横室って、どの辺？」

「石井県道はわかる？」

「わかる、と思う」

「それをまっすぐ来ればいいの。いくつか十字路はあるけど、横室へ来れば横室って書いてあるわ。あとはその辺で訊いて」

「その辺で……わかった」

電話を切り、思わず指を鳴らして、返ってきた十円玉とメモをズボンのポケットにつっ込みながら、ぼくはまた窓際の席に戻っていった。

「まったく、いい天気だな」と、頬杖をついたままぼくの顔を見上げている千里に、ぼくが言った。「こんな天気のいい日はどこかへ、ドライブに行きたいと思わないか？　たとえば、横室あたりにさ」

＊

下小出のスタンドでガソリンを入れ、国道から南橘《なんきつ》を抜けて石井県道に出たのは、まだ午後の三時をいくらも過ぎていない時間だった。なぜか今日にかぎって風はなく、日射しも強くて、クルマの中は暖房もいらないほどの暖かさだった。眠いのかなにか考えごとをしているのか、窓から景色を眺めたまま千里も話しかけてはこなかった。

富士見村の、それも横室なんて聞くと、なにかとんでもない地の果てのような気がしていたが、実際にはぼくらがピザを食べたレストランから二十分しかかからない場所だった。もちろん石井県道の両側は麦畑や枝打ちをされた桑畑に変わっていたが、少なくとも人間が住めないほどの秘境ではなかった。

阿部清美の家は、〈横室〉の道路標識が出ている交差点のそばの雑貨屋から、脇道を五分ほど入った、桑畑のどまん中にあった。黒いトタン屋根の典型的な農家づくりの家で、赤城山を背にした北側には杉と竹の防風林が茂り、牛でも飼っているのか、建物の東側には銀色の小さいサイロが聳《そび》えていた。家の裏側からは、かすかに鶏の鳴き声が聞こえてくる。

ぼくと千里はうっとりするほど日当たりのいい縁側に腰かけ、もう百年も前からお婆さんをやっているようなお婆さんに茶と大根の煮物をもらって、松やつつじが植わっている広い庭に啞然と向き合っていた。阿部清美のソバージュの髪とジーンズに赤い綿入れという組み合わせも、もしかしたらこの近所では、ごく一般的なファッションなのか。

「本当はね、あたしだって誰かに喋りたかったんよ」と、縁側に横座りで脚を投げ出し、怒ったような口調で、阿部清美が言った。「だけど青猫の人たちじゃ、喋る気になんかなんないわけよ。そう思わない？」

風景と光の暖かさで散漫になりそうな集中力を、無理やり阿部清美の顔に戻して、ぼくが訊いた。

「川村麗子の事件を、みんなは、どんなふうに？」

「事故だとか自殺だとか、そりゃあ好きなように言ってたわよ。死んだ場所が場所でしょう？ マスターなんか腹が立つくらいえげつなかったわ」

「えげつないって」

「裸で、どんな恰好だったとか、まるで見てきたみたいに喋ってたわね。もっともあの日は、かなり酔っ払ってたけどさ」

「あの日って、八日？」

「新聞に出た日だから、そう、八日」

「八日までは誰もその話を、しなかった？」

「どういう意味？」

「たとえば七日の日に、誰か彼女が死んだことを知っていたとか」

つり上がった目を光の中で眩《まぶ》しそうに細めて、綿入れの背中を丸めながら、阿部清美が首を横にふった。

「やっぱり八日だったわよ。桑原さんと野代さんがお通夜へ行ってきて、それでお葬式の香典はいくらにするかとか、そんなことを言ってたわ」

「君も葬式に行ったらしいけど、君は彼女と、そんなに親しかったのか」

「だって……あたしね、川村さんがブティック始めたら、手伝うことになってたの。がっかりしちゃったわよ。青猫のお客さんじゃ、一番まともな人だったのにさ」

「ブティックの話は、具体的だったわけか」と、千里と阿部清美の顔を見比べながら、ぼくが訊いた。

「夏ぐらいには、ねえ?」と、阿部清美が、千里のほうに顎をつき出した。

「お父さんもその気になってたみたい」と、視線を遠くの日射しにやりながら、千里が言った。

「麗子ちゃんが本気なことがわかって、とりあえずどこかに小さい店をって……そんなこと言ってた」

「それでね、日曜日なんか、あたしと川村さんで街の中のお客の流れを調べたり、敷島公園のほうにまで行ってみたりね、もうちゃんと準備に入ってたんよ。あたし、昼間洋裁の学校へ行ってるじゃない? それで店に出すものはぜんぶオリジナルがいいかとか、ある程度既製品を交ぜたほうがコストが下がるかとか、そういうことも川村さんはしっかり計算してたの。それが急に死んだなんて言われても、あたし、ぜんぜん信じられなかった。斎木さんだっけ? 昨日言ってたでしょう、川村さんは殺されたんだって。あれ、本当？」

「横室まで景色を見に来たわけじゃないさ」

「そうよねえ。最初からおかしいと思ってたんだ。川村さんみたいにしっかりした人、あんな死に方するわけ、ないもんねえ」

「言いにくいかもしれないけど……」と、茶を飲んで、煙草に火をつけてから、ぼくが言った。「青猫のことを、詳しく聞きたいんだ」

「言いにくくなんかないわよ。あたし、あそこもうやめようと思ってんの。最初は面白いような気がしたけど、もううんざり。絵描きだとか詩人だとかいうけど、みんないんちきっぽい人ばっかりだもん」

「はっきり言って、どうかな、あの店、商売になってるのか」

「どうかしらねえ」と、自分でも綿入れのポケットから煙草をとり出し、火をつけてから、阿部清美が言った。「どっちでもかまわないんじゃないの? もともと本当の経営者はマスターの叔母さんで、その人長谷川《はせがわ》鉄工所の奥さんなんよ。それで自分で絵を描いたり彫刻したりしてるらしいんだけど、店に来る人、その人のとり巻きみたいな人ばっかり。マスターなんて、要するに体《てい》のいい店番なわけよ」

「氏家と桑原智世の関係は、知ってるよな」

「まあね、可哀そうにねえ」

「どっちが」

「決まってるじゃない。マスターが昔、どれぐらい優秀だったか知らないけど、今じゃ、ねえ、ただの女たらしだもの」

「かなり遊んでると……」

「かなりなんてもんじゃないわよ。どういう神経してるんだか、あたしなんか疑っちゃうわよ。とにかく店に来る女の子、手当たり次第なんだもの。それで桑原さんには、ここは自分の仕事場だから顔を出すな、なんて言っちゃって。聞いてて笑っちゃったわよ」

「桑原は氏家のそういうことを、知ってるのか」

「知らないわけないじゃない? マスターって、そういうこと、わざと桑原さんに仄《ほの》めかすみたいなところがあるの。最低だと思わない? 桑原さんがどうしてマスターと別れないのか、あたしなんかぜんぜんわからないわ」

「野代亜矢子とは、やっぱり?」

「そういうこと。よくやるわよねえ。それで二人とも、桑原さんがいるところでは知らん顔してるんだから……もっとも桑原さんも知ってて、知らん顔してるみたいだけど」

「その……」と、ぼんやり庭を眺めている千里の顔を、横から窺《うかが》ってから、ぼくが訊いた。

「氏家は当然、川村麗子にも、手を?」

「それは……それがねえ、よくわからないのよ。マスターのことだから放っといたはずはないと思うけど、川村さんに関してだけは、なんていうか、ばかみたいに慎重だったわね。口では大きなこと言ってたけど」

「大きなことって、たとえば」

「竹内さんているじゃない？　あの人相手に、マスターは大きなことばっかり言うの。川村さんと飲みに行ったとか、今度旅行に行く約束をしたとか。あたしなんか、馬鹿じゃないかと思いながら聞いてたけど、マスター、竹内さんが川村さんのこと好きなのを知ってて、わざと言うわけ。だけど案外、川村さんに関してだけは、マスターも本気だったんじゃないのかなあ」

「具体的に、氏家と彼女の間になにか、あったと思う？」

「あればすぐわかるわよ。いつだったか、奥の席でマスターが川村さんになにか言ってて、川村さんがそのまま帰っちゃったことがあるの。マスター、顔色が変わってたっけ。下手な冗談言って誤魔化してたけど」

「いつごろの話？」

「去年の……暮れぐらいかな。そのあと川村さんに会ったとき、あたし、なにかあったのかって訊いてみたの。川村さん、笑っただけだったわ」

「そのとき、まさか、店に桑原はいなかったよな」

「桑原さんはいなかった。あのときいたのは、竹内さんかな」

「竹内、か」

煙草を地面に落とし、靴の底で踏み消して、つっ張った背中を一度のばしてから、ぼくが訊いた。

「竹内と川村麗子は、青猫ではどんな感じだった？」

「どんな感じって」

「仲が良さそうだったとか、逆に、よそよそしかったとか」

「べつに……そりゃあね、竹内さんは可哀そうなぐらい川村さんのことを好きだったかもしれないけど、二人だけで同じ席についたなんてこと、なかったんじゃないかなあ」

「竹内が彼女を好きなことは、どうしてわかった？」

「そんなこと、見ればわかるじゃない。竹内さん、いつも川村さんと同じ席に座ろうとしないの。それで後ろのほうからじっと見てるの。竹内さんてもともと気持ち悪いところがあるけど、あの川村さんをじっと見る目、ふつうじゃないわよ。だけど川村さんのほうは意識なんか、してなかったと思う。野代さんが一度、そのことで川村さんにからんだことはあったけど」

「そのことで、野代亜矢子が？」

「酔っ払ってたのよ。忘年会の帰りだとかいって、野代さんが店に来たとき。たまたまカウンターに川村さんがいて、それで野代さんが川村さんにからんだの。あの人おとなしそうな顔してて、酔っ払うとけっこう人にからむのよねえ」

「そのときはどんなふうに、からんだわけ」

「だからさ、川村さんのことを冷たいだとか無神経だとか、他人の気持ちを平気で踏みにじる人だとか……それで、竹内さんの気持ちは昔からわかってるんだから、人間としてもっと優しくするべきだとか。とにかくそういうようなこと、くどくど言うわけ。野代さんてへんに川村さんに対抗意識をもってるみたいだけど、最初から格がちがうのにねえ」

「それでそのときの、川村は?」

「適当にあしらってたわよ。人の気持ちなんて、やたらにわかったら却《かえ》って面倒だとか、ね。そう言うとまた野代さんがそのことでからむわけ。竹内さんがいるところでよ? マスターなんか面白がって、ただにやにやしてるだけ。けっきょく竹内さんが、無理やり野代さんを店から連れ出したけど」

「野代は竹内のことで、なぜ川村にからんだり?」

「知らないわよ。要するに、酔っ払ってたんじゃない? 野代さんて、ふだんから竹内さんに同情的なところはあったけど、それをぜんぶ川村さんの責任にされたって、川村さんのほうが迷惑よねえ」

千里の前ではためらわれたが、この際我慢してもらうことにして、湯呑《ゆのみ》をすすりはじめた阿部清美に、ぼくが訊いた。

「川村麗子という人、たとえば女の君から見て、どういう印象をもっていた?」

「あたしなんか、だって……」と、ソバージュの髪を後ろに撫《な》でつけながら、手に持った湯呑を宙に浮かせて、阿部清美が下唇をつき出した。「あたしなんか、ねえ? 最初から勝負にならないもの。奇麗な人だなあって憧れてただけよ。だけどさあ、女ってけっこう馬鹿なんよね。勝負にならないってわかってても、完全に諦めるわけにもいかないし……桑原さんや野代さんにとっては、きつかったんじゃないかなあ。川村さんて本音でものを言うところがあったから、それがへんに冷たく聞こえたりね。人を見下してるように感じられることも、あったかもしんないわねえ」

「君自身もそういう思いをしたことが？」

「言ったじゃない、あたしはただ憧れてただけだって。だけど嫉妬ややきもちって、女の商売みたいなもんなのよ」

「桑原智世も川村麗子と、もめたことがあったか」

「それは、ないわね。桑原さんて頭のいい人だもの、表面は誰とだってうまくやってるわよ」

「昨日おれが帰ったあと、桑原から氏家に電話があったろう。二人がなにを話していたか、わかるかな」

つり上がった細い目を、呆れたようにぼくのほうに見開いて、阿部清美がくっと喉を鳴らした。

「そりゃあね、電話はあったけど、一々内容なんか聞いてないわよ。斎木さんて、いろんなことよく知ってるのねえ」

「本気になればそれぐらいはわかるさ。それで、電話の時間は、長かった？」

「十分ぐらいだったと思う」

「電話が終わったあと、氏家の様子は？」

「機嫌はよくなかったわねえ。マスターって気分を顔に出さないほうじゃない？　でも電話からカウンターへ戻ってくる間、口の中でなにかぶつぶつ言ってたみたい。なにを言ってたかなんて、聞いちゃいなかったけど」

最初に顔を見せたお婆さんが、土瓶のような急須で茶を持ってきてくれたが、それを断り、ぼくは植木の影が長くなった庭に、ゆっくりと足を下ろした。

「ねえ、犯人って、いったい誰なのかしらねえ」と、縁側から下りてきてぼくの横を歩きながら、阿部清美が言った。

「君が今白状してくれたら、助かるんだけどな」

あはっと笑って、赤い綿入れの肘で、阿部清美がこつんとぼくの肩を小突いた。

「あたしだって、本当は怒ってんのよ。いろいろあったかもしんないけど、川村さん、あたしにはけっこう優しかったもんね。それにブティックのことだって、これでぜんぶ終わっちゃったわけだしさ」

千里が停めてあるクルマの向こう側へまわっていったことを確かめてから、立ち止まって、ぼくが阿部清美に訊いた。

「大きなお世話だろうけど、君もやっぱり氏家と、関係が？」

一瞬息を止め、口を曲げてにやっと笑ってから、埃《ほこり》の浮いたゴムのサンダルで、阿部清美が足下の小石を蹴とばした。

「言いたくないけどさ。まったく、最低だわよね……あんなやつ」

不思議に風は出ないが、日が落ちはじめると畑や田んぼの土の色が急に、寒々とした灰色に変わる。走っていくフロントガラスのずいぶん遠くに、前橋の市街地がだだっ広く霞《かす》んで見える。

　窓の外を眺めていた千里がふと視線を戻し、うすく口を開いたまま、焦点の曖昧《あいまい》な目をぼくの顔に向けてきた。

「なんとなく、悲しくなっちゃった。麗子ちゃん、誰からも好かれていなかったみたい」

　一瞬でよくはわからなかったが、千里の目の焦点が曖昧に見えたのは、そこに涙が溜まっているせいらしかった。

「阿部清美は君の姉さんに、優しくしてもらったと言ってた」

「そういうことじゃないの。ああいうふうに、ちょっと知ってる人がどうとかじゃなくて、中学のときからずっと一緒だったような人、誰も麗子ちゃんのことを好きじゃなかったなんて……そのね、本当はね、わたしだって思わなくはなかったけど、現実に自分の耳で聞くと、やっぱり悲しくなっちゃう」

「覚悟がまだ、ついてないか」

「そういうのともちがう。覚悟はもうついたの。昨夜寝る前に、よし頑張るぞって決めて、今日だってずっと頑張ってた。だからそういうことじゃなくて、なんとなく、人間っていやだなあって……」

　膝の上で動かない千里の手にぼくが自分の手を重ね、シートの端で、ぼくたちは軽く手を握りあった。千里の掌は思っていたよりも柔らかく、暑くもないのに汗がにじんでいた。

「誰にだって、仕方ないことがあるさ」と、意識的に道路の先に目を据えたまま、ぼくが言った。「彼女がああいう顔に生まれたのも、お袋さんに連れられて親父さんと一緒になったのも、彼女の責任じゃない。人間はみんな自分の責任じゃない人生を、自分の責任として生きていく。それぐらいのことは彼女にもわかっていた。彼女が冷たく見えたり、無意識のうちに他人を傷つけたり、そういうこともなかったとは言わない。だけど、それって、殺されるほど悪いことでもないだろう。それぐらいのことはおれや君だって、どこかでやってる。悪いのは彼女じゃなくて、やっぱり殺したやつのほうだ。少なくともおれは、彼女のことがわかってきたぶんだけ、前よりも川村麗子のことを好きになったような気がする」

千里がぼくの手の甲で勝手に涙を拭き、肩で大きく息を吸い込んで、その息を音と一緒に、うーっと吐き出した。

「このクルマ、ティシューがないじゃない」

「うん？」

「ティシューぐらい、置いといたら？」

「姉貴のクルマなんだ」

「クルマの中にティシューを置いとくの、今は常識なんだからね」

「今度姉貴に言っておく。ついでに、『人生いろいろ』もやめるようにって」

「なんの話よ」

「べつに、たんに、家庭の問題さ」

千里がくんと鼻を鳴らして躰をひねり、じたばたやりながらまた後ろの座席から学生鞄を引っぱり出した。

鞄からとり出したポケットティシューで鼻水をかみ、それを丸めて鞄に戻してから、小さく声を出して、千里がぼくの二の腕をつついてきた。

「これ、ありがとう。昨夜洗ったから」

千里が鞄からとり出したのは昨日ぼくが貸してやったハンカチで、まるで糊《のり》づけでもしたように、きっちりとアイロンがかけられていた。

「斎木さん、わたしのこと、泣き虫だと思ってるでしょう」と、ぼくのポケットにハンカチを押し込みながら、怒ったような声で、千里が言った。

「そうでもない、妹で慣れてる」

「そういう言い方、ないじゃない?」

「そうかな」

「あんな子供と一緒にしないでほしいわ」

千里がまた鞄を後ろに放り投げ、シートベルトを引っぱって、座席の中でもぞもぞっと尻を動かした。

「わたしね、本当は気が強いんで、有名なんだから」

うなずこうとして、思いとどまり、ハンドルを握ったまま、ぼくはわざとまっすぐ前を見つめ直した。

「泣いたことなんて、ぜんぜんないんだからね。麗子ちゃんが死んだときだって泣かなかったんだから」

「それならおれは、運がいい。君が泣いたのを見たことがあるって、誰かに自慢できる」

「斎木さん、今、真面目に言った？」

「うん、いやあ……」

「あのね、だからね、気にしなくていいの。今はただ、いつか本気で泣くときの練習をしてるだけなの」

鼻を曲げてにやっと笑い、まだ赤みの残った目で、千里が運転の邪魔になるぐらいにぼくの顔を覗き込んだ。

「それで、阿部さんの話で、なにか閃《ひらめ》いた？」と、首をかしげて、千里が言った。

「特別には、閃かない」と、ぼくが答えた。「ただ中学時代の連中、思っていたより面倒なことやってるなって、うんざりした。頭の中ではいろんなことが整理されはじめたような気もするけど、まだ焦点が定まらない。ジグソーパズルで最初からチップが一つ欠けてるような、そんな感じ」

「竹内さんのアリバイとかって、そういうの、わたしたちじゃ調べられないのかな」

「警察の協力が、な」

「わたし、自分でやっちゃおうかな。六日の午後十一時ごろどこにいたかって、訊いちゃえばいいんだもの」

「理屈はそうだけど、警察はもともと、殺人事件だとは思ってない。だから誰かにアリバイがなくても、それだけではどうにもならない。警察が捜査をやり直すような、決定的な証拠が必要だ」

「そんなこと言っても、『自分が犯人です』なんて、誰も顔になんか書いてない」

「顔には書いてないだろうけど、よく注意して見れば、どこかには書いてあるはずだ。おれたちが見落としているのか、見る場所がちがっているのか。その両方ってことも考えられる」

「昨日より、斎木さん、悲観的みたい」

「そういうわけじゃ……ただ昨日彼女の部屋で感じたこと、あれは当たりだったような気がする。犯人は冷静なやつで、今度のことも冷静に、計画的にやったってこと。だからいやな予感が、しないわけでもない」

「いやな予感って?」

「いやな予感は、いやな予感さ」

千里が口を尖らせて溜息をつき、左手の拳で、こつんとぼくの胸に突きを入れてきた。

「斎木さんのそういうところ、いや味だと思うけどな」

「そういう、どこ?」

「だから、そういう、自分だけ大人だと思ってるみたいなところ。わたしと四つしかちがわないのに?」

「四つなら倍もちがう」

「倍って、なんの倍?」

「だからさ……」と、ぼくの顔の横につきつけた千里の鼻の頭を、指でつまんで、シートの中の正しい位置に押し返してから、ぼくが言った。「あんな子供と一緒にするなって言ったらうちの妹と、君は二つしかちがわない」

＊

日は長くなったが五時半を境に、まるで待っていたように夜がくる。

千里を送りとどけて家に戻ったのは、ちょうど五時半。お袋も姉貴も帰っておらず、桜子が一人、台所に陣どってなにやら戦闘をくりひろげていた。調理台と新聞紙を敷いた床の上に五、六個の鍋がちらばり、テーブルの上には見事なまでに不可解な料理が、悲鳴が聞こえるかと思うほど、ぎっしりと並べられていた。桜子もそうとう長い時間を台所で奮闘したのだろうが、昨日の今日、受験勉強をしろというほうが無理な話だった。それにしてもいったいこれだけの料理を、たった四人でどうやって始末しろというのか。

台所の入り口に立って唖然としているぼくに、包丁を持ったままふり返って、桜子が言った。

「おにいちゃんて、ほーんと、極楽とんぼなんだもん」

「そんな単語は試験に出ないぞ」

「ずっと何回も、電話があったよ」

「誰から」

「片桐さんて言ってた。片桐さんて、警察に行ってるおにいちゃんの親戚の人だよねえ」

「それで、なんだって」

「帰ってきたらすぐ来るようにって。すぐ、警察へ」

包丁を置いて上目づかいにぼくの顔を覗きながら、スリッパを引きずって、桜子が半分だけテーブルをまわってきた。

「竹内さんて、お父さんのお通夜の日に来た、あのへんな人じゃない?」

「竹内が……」

「自殺したんだって。それでおにいちゃんに、とにかく、すぐ警察へ来るようにって」

5

県警本部の受付けにいたのは、昨日《きのう》のように制服を着たすまし顔の女の人ではなく、警察に勤める前はプロレスをやっていたような、妙に怖い顔の、なんとなく不気味な感じのおじさんだった。いくら夜だといっても受付けにこういう顔のおじさんを置いておくのは、警察として理由があってのことだろう。

誠三叔父さんは、受付けのおじさんが内線電話をかけたのとほとんど同時に、正面の階段から忍術のように現れた。着ている上着もズボンも昨日とまったく同じものだったが、ぼくのほうに歩いてくるときの目つきだけは、昨日とは別なものだった。

「まさかと思ったんだがよう……まあいいや、とにかく、ちょっと、こっちへ来てくれや」

誠三叔父さんがぼくを連れていったのは、厚生課の部屋でも三階の食堂でもなく、〈捜査一課〉と札のかかった、二階の暗くてだだっ広くて煙草臭い部屋だった。机の数のわりに人は少なく、ざっと見渡しても五、六人で、大事件でも起きて出払っているのか、五時半を過ぎてみんな家に帰ったかしているらしかった。

そのだだっ広い部屋には窓を背にして一つだけ離れた机があって、誠三叔父さんはぼくの背中を小突くように、まっすぐその机の前まで歩いていった。

「やっと来やがった。これ、例の、俺の甥《おい》っこ」と、机に座っていた、髪が半分ぐらい抜けた四角い顔の男の人に、誠三叔父さんが言った。

男の人が席を立ち、粗大ごみ置場から拾ってきたような応接セットのほうへ歩いていって、ぼくと誠三叔父さんもその後についていった。

「こっち、課長の近藤《こんどう》さんな」と、男の人の向かいにぼくと並んで腰かけながら、誠三叔父さんが言った。「俺と同期なんだけどよう、四月には安中《あんなか》の署長さんに栄転さあ」

捜査一課長で、次期安中署長に決まっている人がどれぐらい偉いのかは知らないが、少なくとも誠三叔父さんよりいくらかは偉そうだった。

「聞いたとは思うが、君に来てもらったのは、他のことじゃないんだ……」と、煙草の焼け焦げや湯呑《ゆのみ》の染《し》みで幾何学模様ができている木のテーブルに薄い紙ばさみを置いて、捜査一課長が言った。「まあ、その、自殺自体に問題はないんだがね」

「どういうふうに、問題はないんですか」と、ぼくが訊いた。

「いや……」

「だからよう」と、捜査一課長に目配《めくば》せをし、肘かけ側に尻をずらして、誠三叔父さんが言った。「最初から説明するとな、こういうことさあ」

　誠三叔父さんが上着のポケットから煙草の箱をとり出し、一本を口で抜いて、それに使い捨てのライターで火をつけた。

「たまたま俺が夕方、別の用があってこっちの課へ来てたんさ。そんときちょうどこの件が課長んとこへまわってきたわけ。りょう坊が昨日、へんに向きになってたんべ？　それでなんとなく、俺も竹内常司って名前を覚えてたんだいなあ。だからこいつは、まったくの偶然てわけさあ」

　ぼくに対してか、捜査一課長に対してか、妙にもったいをつけて煙草を吸い、腹にこぼれた灰を誠三叔父さんが、手でぱんぱんと払い落とした。

「ふつうならこんな自殺、本部にまわってくることはねえのによう。まったくの偶然ってやつで、それでちょいとその遺書を覗かせてもらったら、よう？　りょう坊の名前が出てくるじゃねえか。遺書の内容も昨日おめえが言ってた件に関してだし、こいつはやべえなってわけで、それで俺も首をつっ込ませてもらったんさあ」

「要するに、竹内は、いつ、どこで、どんなふうに」

「まあ待てや、ちゃんと説明するからよう」

誠三叔父さんが捜査一課長に目で了解を求め、煙草をつぶして、あうっとげっぷを吐いた。

「今日の午後二時……」と、自分の胃のあたりをそのぽっちゃりした掌《てのひら》でさすりながら、誠三叔父さんが言った。「この竹内って野郎、大渡橋の上から飛び下りちまったわけよ。川のまん中じゃなくてだいぶ総社寄りのほうだってことだ。この時期水も少ねえから、おっこったとこは石の上でな、そうじゃなくても即死だんべえけど、行政解剖の結果も全身打撲の即死ってことになってる。念のために言っておくと、目撃者ってやつが腐るほどいやがって、今度ばっかしは逆立ちしても自殺の線は崩れねえ」

「遺書には、なにが？」

「それさあ、問題は、それなんさあ」

捜査一課長が軽く咳払《せきばら》いをやり、紙ばさみを開いて、中から二つの白い封筒をとり出した。

「直接読んでみればいい」と、ぼくに封筒を渡しながら、なんとなく投げやりな言い方で、捜査一課長が言った。「どっちみちほとんど君宛に書いてあるんだ」

課長から受けとった封筒の宛名は、一つは〈父、母、御家族様へ〉となっており、もう一つは〈青猫のみんなへ〉となっていた。

「家族宛のほうも読んでいいんですか」と、ぼくが訊いた。

「勝手にしたらいいさ。どうせたいしたことは書いてない」

ぼくは自分の気持ちの準備のために、まず竹内が家族宛に書いた遺書を、脚を組みながら封筒から抜き出した。使ってある便箋《びんせん》は川村麗子の郵便受けにあったものと同じ、白い地にうす茶の罫《けい》が引いてあるだけの、素っ気ないものだった。

『生きている間の迷惑に重ね、今回またこのような形で御家族様に迷惑をかけることを、心からお詫び申し上げます。

生きても不幸、死んでも不幸ということであっても、この不幸の鎖はどこかで断ち切らなくてはなりません。僕は自分の手でその不幸の鎖を断ち切る決心をいたしました。

自分が生きている価値のない人間であると知りつつ、これ以上生き長らえることに、僕はもう疲れたのです。僕は充分悩みましたし、充分疲れました。

僕の死を悲しむことなく、今後とも、御家族様、仲良くお暮らし下さい。

御家族様へ。常司』

他人の遺書なんて一度も読んだことはなかったし、これからも読みたいとは思わないが、それにしてもこの文章からは竹内の家族に対する愛情や未練が、一つも感じられない。たぶん、そのこと自体が、家族の中における竹内の立場を物語っているのだろう。そしてこれが遺書だといわれれば、もちろんこれは遺書以外の、なにものでもない。

ぼくは家族宛の遺書を封筒に戻し、もう一通の〈青猫のみんなへ〉のほうをとり上げて、頭の中で深呼吸をした。

便箋は同じものだが、分量は家族に宛てたものの、五倍はある。

『青猫のみんな、氏家君、野代さん、桑原さん、それに斎木君、みんなみんな、僕によくしてくれて有り難う。

君達の好意を裏切ってしまって、本当に申し訳ない。僕は君達に対して、謝っても謝り切れないことをしてしまったのだ。

みんながこの手紙を読む頃にはもう明らかになっているとは思うが、何を隠そう、川村さんを殺したのはこの僕なのだ。みんなの大事な友達である川村さんを、僕一人の我儘《わがまま》で、僕がこの手で殺してしまったのだ。みんながどんなに悲しむかと思うと、本当に謝っても謝り切れない。この罪を清算するためにも、僕は自分の生命を自分で葬る決心をした。謝っても許してもらえないことは分かっているが、どうか、僕の良心だけは理解してもらいたい。

みんなも、うすうす知っていたとおり、僕と川村さんは深い関係だったのだ。もちろん僕の愛の方が川村さんの僕に対する愛を上回っていたことは事実だが、残念ながら、僕の努力ではその壁を越えることはできなかった。僕達の不幸は、正にそこから始まったのだ。そのへんの事情は、後で斎木君から詳しく聞いてもらいたいと思う。

斎木君、いろいろ迷惑をかけて、本当に済まない。この上勝手な言い分だが、僕がただ川村さんが憎くて殺したのでないことを、後でよく青猫のみんなに説明してやってくれ。君が最初から僕のことを疑っていたのは知っていたし、君の親父さんの通夜の日、君と川村さんの妹が一緒に喫茶店に入るのを見たときから、僕もある程度覚悟は決めていたのだ。そして青猫で君から、警察が川村さんの事件を殺人事件として捜査していることを聞いたとき、僕は逃げ切れないと判断した。警察に捕まるより、自分の罪は自分で裁こう、そう決めた僕の心情を、どうか分かってもらいたい。

たぶん君には分かっていると思うが、僕はどんな事があっても、たとえ殺してでも、川村さんを他の男に渡したくはなかったのだ。あの日川村さんのアパートに行き、もう一度考え直す気はないかと、ぼくは川村さんに問いただした。予感はしていたが、川村さんはどうしても僕と別れると言い張った。僕は用意していった睡眠薬を川村さんのコーヒーに混ぜ、川村さんが寝込んだところを風呂場で溺死させた。本来なら川村さんを殺したあと、直ぐ自分も死ぬべきだったのだが、性格の弱さから今までそれができずにいたのだ。僕の気の弱さと、僕の罪を、どうかどうか、許して欲しい。

それから最後に、青猫のみんな、罪は罪として許して、僕の葬式にはどうかみんなで来て欲しい。結果的に友達を二人も失うことになって、みんなも辛いだろうとは思うが、友情の証《あかし》に葬式だけはみんなで賑《にぎ》やかにやって欲しい。僕が安心してあの世で眠れるように、葬式にだけは、どうかみんな顔を見せて欲しい。

みんな僕に良くしてくれて、本当に有り難う。最後にもう一度、どうかどうか、葬式だけは忘れないでくれ。君達の友情に、深く感謝する。

青猫のみんなへ。竹内常司』

　ぼくはその便箋を、最初に折ってあったとおりに折りなおし、封筒に戻してから、二通まとめて捜査一課長のほうに押し返した。

「そういうことだ。なあ？　けっきょくは、りょう坊が考えたとおりだったわけだ」と、ソファにふん反り返って、腕を組みながら、誠三叔父さんが言った。

「間違いないのかな」

「なにがよ」

「竹内の、自殺」

「そりゃ間違いねえ。さっきも言ったとおり、まっ昼間大渡橋の上から飛び下りたわけだからよう。クルマから見てたやつが何人もいて、急ブレーキ踏んだクルマに追突した野郎まで出た始末さ。おめえがどう推理しても、この自殺ばっかしは動くめえなあ」

「それならなにが問題なのさ。事件は解決だろう」

「解決したから、まあ、問題が出てくるってこともあって……」

「警察としては今回のことを、内部的に処理したいわけだよ」と、二通の遺書を紙ばさみに戻しながら、捜査一課長が言った。

「内部的に処理って、どういうふうにですか」

「つまり、事件はこれですべて解決ということだ。川村麗子事件に関してはたしかに捜査上の手違いはあったが、犯人が自殺してしまった以上、警察としてはもう捜査のしようはない。法律上もそういうことになっている」

「川村麗子の事件も事故で処理してしまう、と?」

「もちろん、一応の手続きはとる。川村麗子の遺族に対しては、事件の経緯も説明する。しかし刑事事件の場合、この世に存在しない犯人を裁くわけにはいかんのさ」

「事件そのものをなかったことに?」

「なありょう坊……」と、腕を組んだまま肩をゆすって、誠三叔父さんが言った。「たまにゃこういうケースも出てくるってことよ。課長さんが言ってるのは、これ以上騒いでも喜ぶやつは一人もいねえってことさ」

「新聞も週刊誌もテレビも、放っておかないよ」

「マスコミに誰がねたを流すんだや。え? 考えてもみろいや、そりゃあ川村麗子っつう子も可哀そうだし、残された家族も可哀そうだ。だけどこの竹内常司にだって家族がいて、そいつらはなにも悪《わり》いことをしてねえ。川村麗子の家族が可哀そうなら、竹内常司の家族だってやっぱし可哀そうだんべえに」

「そういうことと事件の真相は、ちがうだろう。川村の事件が起きたとき、最初から殺人として捜査しなかった警察の責任が……」

「だからよう、それも言ってるわけよ。おめえをわざわざ呼び出したんだって、そのことがあったからじゃねえか」

片方の肩をつき出し、捜査一課長には見えない角度から、含みのある目で誠三叔父さんがぼくの顔に流し目をくれた。

「こういう事件に、いったい誰が責任をとるんだや。課長さんだって安中の署長んなることが決まってて、このまま無事に務めりゃあと二年で定年だあな。おめえさえへたに騒がなきゃ、四方八方ぜんぶが丸く納まるってことだ……なあ、りょう坊？」

捜査一課長が仁丹を嚙みつぶしたような顔で視線を落とし、脚を組みかえて、鼻からいやな音の溜息《ためいき》をついた。

「事件をまったく公表しないなんてこと、できるんですか」と、その捜査一課長に、ぼくが訊いた。

「事件の質によっては、そういうこともありえる」と、口の中で舌を鳴らしてから、捜査一課長が答えた。「今度の場合、新聞には竹内常司の自殺を、それだけ独立したものとして発表する」

「発表はもちろん、所轄のほうでやるんさ」と、誠三叔父さんが言った。「自殺はふつう所轄で処理するからよう。へたに本部で発表すると、勘のいい新聞記者に嗅《か》ぎつけられねえともぎらねえ」

煙草に火をつけ、長さが半分になるぐらいまで黙って吸ってから、捜査一課長に、ぼくが訊いた。

「竹内の自殺は、本当に、間違いないんですね」

「間違いはない」と、噛みつぶした仁丹が入れ歯の間に挟まってしまったような顔で、捜査一課長が答えた。

「竹内が川村のアパートへ、睡眠薬を用意していった件は？」

「それも調べさせた。やつはずっとノイローゼで、睡眠薬を常用していたという医者の裏づけもとった。最近は特に様子がおかしかった、という家族の証言もある」

「二月六日のアリバイなんかは……」

「必要とあれば、もちろん裏づけ捜査をする」

「りょう坊、まだなんか、文句があるんかや」と、胃のあたりをさすりながら、うんざりしたような顔で、誠三叔父さんが言った。

「そういうわけじゃないけど、呆気《あっけ》なくて、気が抜けた」

「そんなもんさ。殺人事件なんて、解決してみりゃ案外こんなもんだ。推理小説みてえに複雑な事件なんぞ、めったにあるもんじゃねえやな」

「その遺書、青猫のみんなに渡すの」

「そうもいくめえよ」

「こっちのほうは殺人事件の証拠として、警察で押収する」と、捜査一課長が言った。

「だからよう、りょう坊、この竹内って野郎にゃ悪《わり》いが、今度の事件に関してはおめえとしても、終わりにしてやってくれや。結果的におめえの考えが正しかったわけだし、それに川村麗子って子だって、なあ？　これ以上の騒ぎは、喜ぶめえよ」

捜査一課長が組んでいた脚を揃え、紙ばさみをとり上げて、会見は打ち切りとばかりにソファから腰を浮かせた。

「そういうことだ……」と、立ち上がりながら、誠三叔父さんが言った。「こうやってよう、みんないつかは大人になっていくもんよ」

立ち上がって、捜査一課長に挨拶をし、勝手に歩きだしている誠三叔父さんの後について、ぼくもその部屋を出た。

「どうだや、いくらか気は済んだかや」と、部屋を出たところで、たっぷり肉のついた顔をにやっと歪《ゆが》めて、誠三叔父さんが言った。「近藤の野郎、俺が口を出さなきゃ、完全だんまりを決め込む気でいやがったんだぜ」

「そうじゃないかと思った、途中からね」と、暗くて長い廊下を誠三叔父さんと並んで歩きながら、ぼくが答えた。

「無理もねえけどなあ。ノンキャリアじゃ一課の課長から所轄の署長ってのが、出世の限界だからよう。気にくわねえ野郎だけど、同期だし、お互いあと二年で定年でもあるしなあ。りょう坊には悪《わり》いが、俺にできることっていや、これぐれえなもんさ」

廊下の角の、階段のところまで来て、ズボンのポケットに両手をつっ込んだまま、誠三叔父さんがぼくのほうをふり返った。

「どうだや、おめえ、その辺《へん》で一杯やっていくかや」

「妹が一人かもしれないから」

「妹なあ。あの子、なんつったっけ」

「桜子。今度高校に入るんだ」

「さっき電話で話したけど、けっこうしっかりした感じの子だいなあ……それでおめえ、いつまでこっちに?」

「たぶん、初七日まで」

「こっちにいる間、一回家《うち》に顔を出せや。かあちゃんも会いたがってたぜ。なんせあんとき、おめえを家で引きとる話も出たぐれえだからよう、そうなってりゃおめえ、今ごろりょう坊は家の子になってたわけだからなあ」
二、三度うなずき、黙って階段のほうに歩いてから、立ち止まって、ぼくは誠三叔父さんに手をふった。
「おめえにしても、いろいろ文句はあるだんべえがなあ」と、つき出た腹をぶるんと震わせて、誠三叔父さんが言った。「警察ってのは所詮こんなもんよ。堅気《かたぎ》の人間が関わりをもつところじゃねえや。今度のこと、おめえも早く忘れるがいいぜ」

ぼくがもう一度手をふり、誠三叔父さんもスリッパを鳴らして、ずるずると厚生課の部屋へ歩きだした。ぼくはそのまま階段を下り、妙に寒くなっていることだけを意識しながら、ホールを抜けてクルマを置いた駐車場へ歩いていった。今日は最後まで風が出なくて、空には星も出ていない。たぶん明日は、天気でも悪くなるのだろう。

*

ぼく自身が釈然としないことと事件の結果が予想外であったこととは、もちろん関係はない。竹内常司の自殺はどうしようもない事実だし、遺書の中で竹内が川村麗子殺しを告白していることも、どうしようもない事実なのだ。理屈の上でももともと、竹内が犯人である可能性は高かった。自殺という形で結論が出るとは思っていなかったが、結局出てきた結論が理屈どおりだったという、それだけのことではないのか。ぼくがいくら釈然としまいと、いまだに竹内と川村麗子の関係が信じられまいと、結果は結果なのだ。その結果に気分として納得がいかなかったとしても、事実であるかぎり無理にでも納得するより、他に方法はない。誠三叔父さんの台詞《せりふ》ではないがこうやって人間は、大人になっていくものなのか。しかしそれにしても竹内常司の自殺に、ぼくが罪の意識を感じないのは、どういうことなのだろう。

一日中ずいぶん動きまわったような気はしたが、県警本部からシルビアを飛ばして家に帰ったのは、まだ七時を少し過ぎた時間だった。お袋は帰っていなかったが姉貴は戻っていて、炬《こ》燵《たつ》板の上に並べた盛大なごちそうを前に、桜子と二人で黙然と夕食会を開いていた。

「昨日はたしか、家族愛に目覚めたはずだったよねえ」と、桜子の料理の腕はぼくの責任だと言わんばかりの顔で、姉貴が言った。「亮ちゃんも忙しいよねえ、今度は警察だって?」

それには答えず、うなずいただけで、ぼくは黙って姉貴と桜子の間に座り込んだ。

「お袋は？」

「下小出の伯父さんの家にまわった。夕飯を済ませなって」

今日はしっかり主婦を決めた桜子がぼくに膳をつけてくれ、ぼくも覚悟をしてその夕食にとりかかった。親父が死んだ今、ここが正に、兄妹《きょうだい》愛の見せどころなのだ。

「さっき亀橋のかずちゃんから電話があったわよ」と、ぼくと同じように覚悟を決めているらしく、諦め顔で箸を動かしながら、姉貴が言った。

「それで、なんだって」と、ぼくが訊いた。

「なんだかねえ。あとでまた電話するってさ。あんた、明日は暇なの」

「たぶんね」

「あたしと一緒に石屋へ行って、お墓のデザインを決めてくれない？」

「姉さんの好きなやつでいいさ。まっ赤に塗って、中にカラオケを仕込むといい」

「真面目な話よ」

「真面目な話さ。カラオケの曲は『人生いろいろ』がいいな」

「ねえ……」と、箸と茶碗を宙に浮かせたまま、目を細めて、桜子がぼくの顔を見つめてきた。

「あの竹内って人、どうして自殺なんかしたの」

「どうしてだかな。誰だって死にたいと思うことぐらい、あるんだろうな」

「わたしは死にたいと思ったことなんか、一度もないけどなあ」

「つぼみは別さ。おまえは死ぬまで死にたいなんて思わないさ」

「その竹内くんて子が自殺して、どうして亮ちゃんが警察に呼ばれたわけ」と、ぼくのほうへ片方だけ眉を上げて、姉貴が言った。

「死んだやつとか、死にそうなやつとかに、人気があるんだ」

「縁起でもない。妙なことに首をつっ込むのはやめて、そろそろ落ち着いてくれなくちゃねえ。あんた、この家の家長なんだから」

「家長って、なによ」と、もぐもぐと口を動かしたまま、姉貴に、桜子が訊いた。

「家長ってのは家の中で一番人気があって、一番偉い人のこと」

「どうしておにいちゃんが一番人気があって、一番偉いの」

「亮ちゃんには、そうなるように努力してもらいたいって、そういうことなの」

「そういうのって、おにいちゃんには無理だと思うけどなあ」

「無理でもなんでもいいの。人間には立場があるの。好き嫌いで決めることとは、問題が別なの」

「姉さん、お袋に似てきたみたいだ」

「十六年もつき合ってれば、いやでも似てくるわよ。常識のある人間はみんな同じ考え方をするものなの」

「そんなことよりさあ」と、箸の先を自分の下唇に押しつけ、上目づかいに、桜子がぼくの顔を覗き込んだ。「おにいちゃん、わたしに、なにか言うことがあるんじゃない？」

姉貴がちらっとぼくに目配せを送り、それから桜子には見えない角度で、その脅威的なごちそうに諦めきったような顔をした。

「その……この金魚の煮つけ、珍しいな」と、桜子に強くうなずいてやって、ぼくが言った。

「キンキなのよ」と、低い声で、姉貴が言った。

「金魚が食えるなんて、思ってもいなかった」

「キンキだってば」

「なに?」

「キンキ。金魚みたいに見えるけど、金魚じゃないの」

それはどう見ても金魚の姿煮のようだったが、姉貴が金魚ではないというのだから、金魚ではないのだろう。

「さっきも思ったけど、この春巻、うまそうじゃないか。おれはやっぱり、こういう大胆な料理が好きだな。それにこの、じゃが芋の姿煮もいいし」

「おにいちゃん、わざと言ってるわけ」

「いや、そう思うか」

「わたしのこと、ばかにしてるんじゃない?」

「そんなことはない。そういうことは、ぜったいにない……ビールは冷蔵庫に、入っていたよな」

ぼくは努めて平静に炬燵を抜け出し、桜子と姉貴の視線に見送られたまま、台所へ歩いて冷蔵庫からビールを出してきた。

電話が鳴って、姉貴が受話器をとり、返事をしたあと、すぐぼくに顎をしゃくってきた。

「亮ちゃんに、水谷さんという人」

水谷と聞いてもとっさには思い出せなかったが、ぼく自身の知り合いに水谷という人間はいないはずだった。

「その……向こうでとる」

ぼくはビールとコップを炬燵の上に置き、居間から廊下に出てそこの電話で受話器をとり上げた。

「わたし、東京の水谷といいます。さっき千里ちゃんから電話をもらって、直接斎木さんに話をしたほうがいいと思ったの」

その声はいくらかかすれ気味で、喋《しゃべ》り方も紋切り型だったが、不愉快な印象は受けなかった。

「麗子のこと、やっぱり事故じゃなかったのね。わたしもおかしいとは思ったの。でもお葬式のときにそんなことを、言うわけにもいかなかったし」

頭のいい女の子らしく、それ以上よけいなことは言わず、水谷小夜子はすぐ本題に入ってくれた。

「問題は麗子の男関係なんですって?」

「もし、わかれば」

「わかるに決まってるわ。わたしたち、二年間ほとんど毎日会ってたんだもの。麗子のことなら子供のときのことから知ってるわ」

水谷小夜子は竹内の自殺を知らないらしいから、千里のところへはまだ警察からの連絡はいってないのだろう。

「子供のときのことは別にして、東京でのことを知りたいんだ」と、ぼくが言った。

「わたしが今笑ってるの、わかります？」

「君の顔まで想像できる」

「そうでしょう？　男関係なんていう言葉が麗子ほど似合わない子、他に思いあたらないもの」

「まったくなかったっていうのも、説得力はないけどな」

「男の子って、みんな勝手にそう思うらしいの。でも麗子に関しては、わたしが保証します。麗子は男の子とキスをしたことだってなかったわ……誤解のないように言っておくけど、もちろん女の子とだって、キスなんかしなかったわよ」

「君たちの出た学校には、特殊な教育思想があったわけ」

電話の向こうの、一瞬の間の中で、水谷小夜子がくすっと笑った。

「もちろん麗子だって、デートぐらいはしていたわ。立候補者が多ければ義理ができてしまう相手だって、出てくるでしょう？」

「竹内という名前を彼女から、聞いたことは？」

「中学で同級だった、竹内くん？」

「知ってるんだ」

「麗子から名前を聞いただけ。東京に出てきた最初のころ、一度デートをしたことがあるらしいわ。中学で同級だったことも一種の義理だもの。でも相手がへんに真剣で、なんとなく不気味だったって」

「それだけ?」

「それだけって」

「本当に一度デートしただけで、本当に、不気味だと思っただけなのか」

「麗子がわたしに嘘を言う必要はなかったし、わたしが斎木さんに嘘を言う必要もないでしょう。その竹内っていう子、なにか問題があるの」

「あるといえば、ある」

「今は話せないの」

「今は、話せないな」

「そのうちに聞ける機会を、ぜひつくってもらいたいわね」

「そのうちに、たぶん」

電話の向こうでまた低く笑い、いくらか声をひそめて、水谷小夜子が言った。

「わたしが斎木さんに電話した本当の理由、わかります?」

「コードレス電話を試してるとか」

「千里ちゃんからあなたの名前を聞いて、思い出したことがあったの。斎木さん、中学のとき、麗子に交際を申し込んだでしょう?」

否定するつもりもなかったが、威張って肯定するほどのことでもなかったので、その質問は無視させてもらうことにした。

「麗子、何度かわたしに言ったことがあるの、中学のときから、本当は一人だけ気になる男の子がいたって。でもその子、近所では不良で有名だったし、勉強はしないし、高校は落ちるし、両親の手前そういう子とつき合うわけにはいかなかったって。麗子はお父さんが本当のお父さんじゃなかったから、そういうことには必要以上に気をつかったの。だけどわたしとしては興味をもって、当然だと思わない？　そういうどうしようもない男の子、どうして麗子みたいな子がずっと気にしていたのかって……ねえ？」

送話口から、顔をそむけ、一度だけ、ぼくは大きく深呼吸をした。

「例の機会は、やっぱり、つくらないほうがよさそうだ」

今度は少し長く笑ってから、小さく喉《のど》を鳴らして、水谷小夜子が言った。

「それじゃお互い、気が向いたらってことにしましょうか」

「気なんか向かないさ、たぶん」

「気を悪くした？」

「気なんか悪くしないさ」

「気を悪くしなくても、電話は切りたくなったでしょう？」

「君が川村と気が合った理由が、わかるような気がする」

笑いをこらえるように息を止め、それからすぐ口調をあらためて、水谷小夜子が言った。

「今思い出したけど、もう一人いたんだっけ」

「もう一人？」

「麗子とデートをした男の子。もちろん東京には何人かいるけど、前橋の人で、東京で麗子とデートをしたことのある人って、竹内くんとその人だけじゃないかしら。わたしも一度だけ麗子と一緒に会ったことがあるの。麗子のお葬式で見かけて、どこかで見たことのある人だと思ったら、その人だったわ」

「そいつの名前、もちろん、知ってるよな」

「もちろんね。受験とか夏期講習とかで東京へ出てきたとき、麗子とは三度ぐらい会っているはずだわ」

「氏家、か」

「氏家といったわね。たしか、氏家孝一とかって」

一応相手の電話番号を訊き、一応礼を言い、電話を切って、まっ白な頭をただ首の上にのせたまま、ぼんやりとぼくは居間へ戻っていった。

「東京の新しい彼女？」と、目を皮肉な形に笑わせて、姉貴が言った。「今度はどれぐらいつづくんだか」

「おにいちゃんて、ぜったいいやらしいと思う」

うまい冗談が見つからず、ぼくは黙って炬燵に足を入れ、自分でコップにビールを注いで、その一杯めを急いで飲み干した。竹内常司が自殺をして川村麗子の事件は終わったはずなのに、川村麗子はなぜすんなりぼくの人生から、消えてくれないのだろう。それにしても喉を通るビールの冷たさに、これほど感激したのは、生まれて初めてのことだった。

　また電話が鳴り、また姉貴が受け、今度は廊下へは行かずにぼくは炬燵に座ったまま、受話器を姉貴から受けとった。電話の相手は亀橋だった。

「おまえも忙しい男だなあ」と、半分笑いながら、機嫌のよさそうな声で、亀橋が言った。「親父さんの葬式が終わったばっかしなのによう」

「親父の葬式が終わったから忙しいんだ」

「今、由美子と一緒なんだけどな、出てこねえか。先日《こないだ》言ったじゃねえか、親父さんの葬式が終わったら一杯やろうぜって」

「せっかく彼女と一緒なのに、悪いだろう」

「それがよう、頭にきちまったんだけどな、由美子がおまえに会いてえんだと。こいつ中学んとき、本当はおまえに惚《ほ》れてたんだとよ」

　すぐそばに田中由美子もいるらしく、じゃれ合っているような声と音が五、六秒、小さく受話器の中でつづいていた。

「え？　なあ、だからよう……」と、洋服をこするような音と一緒に、亀橋が言った。「ちょっと出てこいや。おまえだっていつまでも前橋にいるわけじゃねえだろうによ」

　むっつりと箸を動かしている姉貴と桜子の顔を、ちらっと窺《うかが》ってから、ぼくが訊いた。

「場所は？」

「中央駅のそばの、『バーボンハウス』っていう店だ。中央駅から南に街ん中へ入ってくりゃ、右っ側の角にあるからすぐわからあ。なあ、とにかく今、由美子がまっ赤んなって待ってるからよう、ちょっとでもいいから出てこいや、なあ?」

「わかった。中央駅のそばの、バーボンハウス、な」

電話を切り、わざと一つ咳払いをしてから、ビールを注いでそれを飲み干し、炬燵のまん中あたりに向かって、ぼくはわざと小さく溜息をついてみせた。

「亮ちゃんもつき合いが多くなって、大変よねえ」と、流し目をつかって、姉貴が言った。

「せっかく家族愛に目覚めたのに、男のつき合いじゃ仕方ないわよねえ」

「おにいちゃん、本当はわたしがつくったもの、食べたくないんじゃない?」と、セーターの胸に顎をうずめて、桜子が言った。

「その……つぼみ、この料理、明日までとっておいてくれ。おれはどうしても、おまえの料理が食べたいんだ」

「無理しなくてもいいよ」

「無理なんかしてない、本当さ。おまえの料理を楽しみに帰ってきたんだけど、いろいろ、義理があってな」

「帰り、遅くなりそうかい」と、鼻で、姉貴が訊いた。

「そうでもない、たぶん」

「わたし、おにいちゃんに勉強を教わろうと思って、昼間から待ってたのになあ」

「あのなあ……」と、炬燵から腰を上げ、桜子の頭に、こつんと、ぼくが拳骨《げんこつ》をくらわせた。

「昼間言った怖いお姉さんな、偶然だけど、前女の自然科学部なんだ。前女の自然科学部って、生意気な子はものすごーくいじめられるらしいぞ。おまえが来るのを今から、楽しみにしてると言ってたっけ」

＊

飲むことはわかっていたから、姉貴のシルビアは使わず、ぼくはタクシーで街に出た。

中央前橋駅は前橋と桐生《きりゅう》を結ぶローカル線の始発駅で、繁華街のすぐ北側にある。前橋の飲み屋街はデパートや商店の集まっている中心部を東から北にとり囲むようにつづいていて、昼と夜とでは人の流れが逆になる。前橋にいたころは飲み屋街に縁もなかったが、亀橋に言われたバーボンハウスは中央前橋駅から繁華街へ入っていく途中で、かんたんに見つかった。名前からある程度は想像していたが、そこは四人がけのボックス席が二つあるだけの、細長いカウンター・バーのような店だった。

亀橋と田中由美子は、そのカウンターに並んで腰かけていた。亀橋はもちろんつなぎにジャンパー姿ではなく、緑色のスーツにネクタイまでしめて、髪もムースかなにかでていねいに撫《な》でつけていた。田中由美子もウールの黒いジャケットに髪を刈り上げかと思うほど短くカットして、知らなければそれとはわからないような女の子になっていた。中学のときより色が白くなっているかどうかは、店の暗さで、判断はできなかったが。

「おまえのほうから、連絡よこすと思ってたのによう」と、田中由美子を挟んでカウンターに座ったぼくに、亀橋が言った。「俺たち今日、秋間《あきま》の梅林へ梅見に行ってきたんだ。けっこう満開でやがんのよう。どっちかっていやあ、桜より梅のほうが品があらいなあ」

「そういう風流があったのか」と、出てきた水割りのグラスを引き寄せながら、ぼくが言った。

「ここんとこずっと風流よ。二十一っていや、いい加減オヤジだしよう」

「あんな古いクルマいじくってるからよ。和也、ジジ臭くなったと思わない？」と、となりからぼくの顔を覗き込んで、田中由美子が訊いた。

「青年実業家らしくて、いいんじゃないかな」

「だけど言うことまでジジ臭いんだから。今から国民年金の計算までしちゃって……斎木くん、ぜんぜん変わらないみたい」

「性格が軽いせいさ」

「そうだったの？　へんなこと言うようだけど、なんだか中学のときより、若くなったみたい」

けっと笑って、もう赤くなっている顔を、亀橋がカウンターの上に大きくつき出した。

「いい加減にしてもらいてえなあ。由美子に苦労させられて、こっちは老け込んじまったのによう」

「いつあたしが和也に苦労させた？　あんたが喧嘩して殴った相手の家、謝ってまわったの、あたしじゃない」

「あんなのは放っておきゃよかったんさ。おまえが勝手に出しゃばっただけじゃねえか」

「向こうは鼻の骨折って、警察に訴えるって言ってたんだからね」

「訴えりゃよかったのよ。喧嘩売ってきたのはあっちのほうだ」

「そんなこと……喧嘩って怪我させたほうが悪いことにされちゃうのよ。和也ってそういう常識、まるでないんだもん」

「風流も大変なんだな」と、軽くグラスをゆすって、ぼくが言った。

「ほーんと。この気が短いのだけ、なんとかなってくれたらねえ」

うんざりしたように溜息をつき、またカウンターに身を乗り出して、亀橋が言った。

「それで？　おまえん家《ち》のほう、ぜんぶ片はついたんか」

「家のほうはな。家のほうは最初から問題はないんだ」

「その言い方、もしかして、まだ川村のことにこだわってるのかよ」

「なりゆきさ。好きでこだわってるわけじゃない」

「しつけえよなあ。おまえって、けっこう執念深《ぶけ》えんだよなあ」

「でもさあ、ねえ……」と、顔をぼくと亀橋の両方に巡らして、田中由美子が言った。「相手が川村さんなら、誰だってこだわるんじゃない？」

「でもこいつ、川村とつき合ってたわけじゃねえんだぜ。一方的に惚れて、一方的にふられただけじゃねえか」

「そういうことじゃないのよ。斎木くんの気持ちの問題なのよ」

「気持ちの問題だからよう、早《はえ》えとこ自分で片つけろって言ってるんさ。斎木の気持ちぐれえ、由美子より俺のほうがわかってらあ」

「それがな、どうもさ……」と、煙草に火をつけてから、ぼくが言った。「もうそういう問題では、なさそうなんだ」

「そういうって、どういう？」

「中学のときどうだったとか、気持ちがどうだとか……竹内のこと、二人とも知らないよな」

「竹内って、立教に行った竹内か」

「竹内くん、前橋に帰ってきてるのよね。街でたまに見かけるもの」

「竹内がどうかしたのかよ。あの馬鹿、芥川賞でもとったか」

「いや、ただ、死んだだけさ」

一瞬顔を見合わせた二人が、そろってその顔をぼくにふり向けてきた。

「うそーっ？」と、奇麗にアイラインを引いた目を丸く見開いて、田中由美子が言った。「あの竹内くんが？　いつのことよ」

「今日の二時ごろ。大渡橋の上から飛び下りた」

「まさかよう、スーパーマンの恰好してたわけじゃあるめえ」

「そこまで派手ではなかったらしい」

「本当かよ。あっちでもこっちでも、みんなよく死にやがるなあ」

「飛び下りたっていうことは、それ、自殺っていうこと？」

「目撃者が何人もいて、遺書も持っていた」

「だけど、おまえ……」

亀橋がぼくのほうに目を細め、自分のグラスをなめてから、ふんと鼻を鳴らした。

「そういやおまえの親戚で、警察へ行ってるおっさんがいたなあ。俺たちにラーメン奢《おご》ってくれたりした……あのおっつぁんからの筋か」

うなずいて自分でも水割りを飲み、煙草をつぶしてから、ぼくはつきだしのアーモンドを一粒、ぽいと口に放り込んだ。

「その遺書にな、川村を殺したのは、自分だと書いてあった」

亀橋と田中由美子がまた顔を見合わせ、今度は二人とも口を開けたまま、困ったような目でじっとぼくの顔を覗き込んだ。

「東京で今、そういう冗談がはやってんのかよ」

「冗談だとしたら、これは田舎の冗談だ」

「おまえよう……」

「別れ話がもつれて、やったんだとさ」

「おいおいおい……」

「うっそーっ」と、見方によっては可愛いと思えなくもない、その猫のような顔を、田中由美子がまともにぼくのほうへ向けてきた。「そういうのって、あり?」

「ありかなしか知らないけど、現実に川村は殺されて、竹内がそういう遺書を残して自殺した」

「だって、川村さんの事件、事故だったはずじゃない」

「だから、事故ではなかったってことさ」

「冗談じゃねえぜ、よう？　おまえ今、別れ話がもつれて、とか言わなかったか」

「言ったんだろうな、たぶん」

「それじゃなにか？　川村と竹内は、できてたってことか」

「そう言ってる、少なくとも竹内は、な」

亀橋と田中由美子がそろって溜息をつき、つられて、ぼくもふっと溜息をついた。

「そういうのって、ねえ、本当に、ありーい？」

グラスを引き寄せ、一杯めの水割りを飲み干してから、ぼくが言った。

「竹内はいろんなところで、ずっとそう言っていた。東京で川村とつき合っていて、深い関係になっていて、川村が前橋に帰ってきてからは彼女に、捨てられそうになっていたと」

「それじゃ竹内くんは、川村さんを追って前橋に？」

「結果的には、そういうことになる」

「それで本当に捨てられそうになって、殺しちゃったって？」

「遺書ではそう言ってる」

「信じられない。わからないものよねえ、男と女って」

「わからなすぎらあ、なあ？」と、ぼくの側に向けた眉の端を、ちょっとつり上げて、亀橋が言った。「竹内でよかったんなら、俺だってちょっかい出してたぜ」

「それ、どういう意味よ」

「だからよう、そいつは……たとえばってことよ。川村も竹内とできるぐれえなら、斎木とくっついてたほうがちったあましだったって……そういう意味よ」

「すぐ誤魔化すんだから」

「誤魔化してなんかいねえさ。ただのたとえ話じゃねえか。だけどよう斎木、おまえ、調べたんじゃねえのか。川村と竹内が本当にできてたのかどうか、なあ？」

「本当はどうだったかなんて、誰にもわからない。当事者は二人とも死んでる」

「だけどおまえ、川村の妹に会ったんだろうよ。妹はなんて言ってる？」

「彼女は知らないと」

「川村さんの妹って、千里ちゃんでしょう。有名よね、あの子。街で声かけてくる男の子を、交番へつき出しちゃうんだって」

「姉さんの教育かな」

「妹が知らねえって言ってるんじゃ、川村と竹内のことなんて、なかったんじゃねえのか」と、田中由美子の頭の上から、ぼくの顔を見下ろして、亀橋が言った。

「東京で川村と親しかった女の子も、なかったとは言ってる」

「つまり、どういうこと？」

「ばーか。だからよう。本当は川村となんかできちゃいねえのに、竹内が勝手に言いふらしたってことじゃねえか」

「だけど、竹内くんが、どうしてそんなこと言いふらすのよ」

「そりゃおめえ……そりゃあ、なんかあったんだろうよ」

「つき合ってもいないのに、竹内くんが勝手に川村さんを殺して、勝手に自殺しちゃったわけ」

「そこまで知るかよ。だからそういうことを、斎木が調べてるんじゃねえか」

「そうなの？　斎木くん」

「竹内が勝手に川村を殺して、勝手に自殺したかどうかはわからない。理屈としてはありえないけど、竹内の気持ちとしては、ありえなくもない気はする」

「要するに、どういうことよ」

「要するに、わからないってことさ」

田中由美子が鼻で曖昧に溜息をつき、亀橋もけっと笑って、グラスの水割りを一気に口へ放り込んだ。

ぼくは新しく出てきたバーボンの水割りをしばらく味わい、水谷小夜子から聞いた話を思い出しながら、川村麗子のイメージを少しずつ頭の中で組み立て直した。その生活も、性格も、いくらか屈折していたかもしれないが、許せない範囲にまで偏向はしていなかった。川村麗子自身はけっして、無茶な価値観や無茶な美意識をもった女の子ではなかった。ぼくも含めた他人が偏見のフィルターを通してしか川村麗子を見ることができなかった、それだけのことではなかったのか。

「君、川村のことを、どれぐらい知ってる?」と、細いメンソールの煙草を吸いはじめた田中由美子に、ぼくが訊いた。

「ふつうじゃない? 中学で同級になったことがあるっていう、その程度のことよ」

「その程度の友達として、川村のことをどう思ってた?」

「どうって言われても……」

ふうーっと煙を長く吹き、短い前髪をかき上げて、田中由美子がちらっとぼくの顔を窺《うかが》った。

「そりゃあ、初めて同じクラスになったときは、こんな奇麗な子がいちゃたまらないって思ったわよ。だってあの人、ちょっと可愛いとか、ちょっと目立つとか、そういうのとは訳がちがうもの。最初から勝負にならないんだから、どうにも思いようがないじゃない?」

「いい印象はもたなかった、と」

「だからね、そういうのともちがうの。ああこの人、あたしとは関係ない人なんだなって、そういう感じ。最近思うんだけど、川村さんみたいに奇麗だからって幸せになるとも限らないわけだし、要するに、ちがうってだけのことなんじゃない?」

「おまえって、顔のわりに言うことがシビアなんだよなあ」

「ただ現実を言ってるだけよ。男ってほーんと、いくつになっても子供なんだから」

「その、申し訳ないけど……」と、田中由美子が吐きつづけるメンソールの煙をさけて、ぼくが訊いた。「青猫の氏家と桑原智世のことなんかは、どういうふうに噂になってる?」

「あれは、だって……」と、煙草をつぶし、田中由美子が慣れた手つきでぼくのグラスにボトルのウイスキーを注ぎ足した。「どういう形で決着がつくか、中学のときから注目の的だったもの。知らなかった？　桑原さんが氏家くんに熱あげてたの、有名な話よ」

「おまえが斎木に惚れてたなんてこと、俺は今日まで知らなかったぜ」

「また言ってる。あたしはただ、斎木くんて中学のとき、意外と女子に人気があったと言っただけじゃない、まったく……それでね」

ぼくのほうに顔を向け、自分でも軽くグラスに口をつけてから、田中由美子が言った。

「あたしがどうとか、竹内くんがどうとか、そういうことは誰も問題にしないの。だけど川村さんや桑原さんが誰を好きだとか、誰とつき合ってるとか、そういうことってどうしてもみんな関心をもっちゃうのよ。女の子ってそういう噂、ものすごく好きなの。噂が広まるのも速いしね」

「中学のときに川村と氏家は、やっぱり噂になったのか」

「どうかしら。あったとしても桑原さんと氏家くんの噂を面白くするために、無理やり川村さんの名前を出してきたんじゃない？　だって、ねえ、桑原さんと氏家くんがすんなりそうなったら、面白くもなんともないもの。川村さんて、考えたらおかしいけど、不思議にそういう噂のない人だったわよねえ」

「野代亜矢子はどうなのかな。いつも川村と一緒にいたわりには、目立たなかったような気がするけど」

「野代さんて、あの子、へんに屈折しちゃったのよね。まあね、気持ちはわかるけどね」

「おまえ、知らねえだろうけどよう」と、ぼくのほうにカウンターから顔をつき出して、亀橋が言った。「あのころ市女の野代っていや、有名だったんだぜ。金まわりはいいし、そのなんていうかよう……な?」

「はっきり言いなさいよ、市女のさせ子で有名だったって」

「俺は、そういう、下品な言葉は使わねえ」

「要するにね」と、亀橋の台詞を無視して、田中由美子がぼくに顔を向けた。「男関係が派手だったということ。あたしも市女だったから、噂だけはいやってほど聞いたわ」

「それで、どうして、野代の気持ちがわかるんだ?」と、田中由美子に、ぼくが訊いた。

「そんなこと、だって、小学校から中学校までずっと川村さんと同じクラスで、それでずっとあんなふうにつき合ってれば、なにかあるに決まってるじゃない。友達に聞いた話だけど、小学校のころ、最初は野代さんのほうが目立ってたらしいわよ。あの子の家お医者さんだし、兄弟もみんな優等生だったっていうし」

「その関係がいつの間にか逆転してしまった」

「そんなとこでしょうね。高校のときの噂では、あの子、友達のボーイフレンドばっかり狙って手を出したらしいの。そういうのって、やっぱり屈折してると思わない? 自分の好きな男の子をいつも川村さんにとられてたとか、そんなようなこと、何回もあったんじゃないのかな。あたしだったら最初から、川村さんなんかには近づかないけどね」

「川村が死んだとき、やっぱり噂はあったろう。どんなふうに死んだとか、自殺だとか他殺だとか」

「そりゃすごかったわよ。あたしだって十本以上電話もらったし、自分でもその倍は電話した。あの日のうちにはもう、前橋じゅうに広まっていたと思うわ」

「あの日というのは、八日？」

「ええ？　ええと……」

首をかしげて右の耳をつき出し、すぼめた口で、田中由美子が少し水割りをすすった。

「一週間以上前だったと思うけど、どうして？」

「川村が殺されたのは六日の午後十一時ごろ。発見されたのは次の日の午後二時。新聞に出たのは八日の朝刊……噂が広まったのはいつごろかと思ってさ。君が最初に事件のことを知ったのは、いつ？」

「あれは、そう、八日だったな。新聞にも出てるって言われて、それで八日の朝刊を見なおしたんだもの。だけどあの新聞、具体的なことはなにも書いてなかったわよねえ」

「最初に聞いたのは、誰から？」

「香織《かおり》……斎木くん、森下《もりした》香織って覚えてる？」

「さあ」

「あたし、昼間、家でスーパーのレジ手伝ってるでしょう。それでけっこう友達と会うの。香織って中学と高校が一緒で、それであの日、香織が店に来たときその話を聞いたの」

「その森下香織って子は、川村が死んだときの様子を、具体的に？」

「知ってたわよ。お風呂場でどんなふうだったとか、睡眠薬を飲んでいたとか」

「風呂場で、どんなふうだったと？」

「お風呂場だから、そりゃあ、裸だったとか、頭を打っていたとか」

「頭を……」

グラスを口にあてたまま田中由美子の向こうから脂の浮いた顔を覗かせている亀橋に、ぼくが訊いた。

「この前おまえの家に行ったとき、やっぱり、そのこと言ってたよな」

「言ったさあ。それで自殺の可能性もあったけど、けっきょくは事故死って結論が出たって」

「もちろんその話は、田中さんから？」

「決まってらあ。由美子以外の女から聞いたら、俺は今ごろ生きちゃいられねえさ」

「よーっく言うじゃない」と、目尻と口の端を一緒に歪めて、田中由美子が言った。「悔しかったら桑原さんか野代さんからでも、電話もらってみたら？　斎木くん、知ってた？　和也ってこの顔で、ちょっと奇麗な子を見ると、今でも鼻の下をのばすんだから」

「亀橋にもいろいろ、都合はあるさ」

水割りを口に含み、意識を八日の新聞記事の記憶に集中させながら、田中由美子に、ぼくが訊いた。

「その森下香織って子、川村が頭を打ってたことを、どうして知ってたのかな」

「そんなこと、あっちゃんから聞いたからよ」

「あっちゃん？」

「柳田篤子《やなぎたあつこ》。斎木くんの知らない子。あたしも特別に親しい子じゃないけど、香織があっちゃんから聞いたっていうから、あたしもすぐあっちゃんに電話して聞きなおしたんだもの」

「あっちゃんが、それで、川村がどんなふうに死んでたとか、頭を打ってたとか、みんな知ってたのか」

「そりゃそうよ。だってあっちゃん、高校のときに野代さんと親友だったんだもの」

「野代亜矢子、か」

「あっちゃんね、みんな野代さんから聞いたんだって。そりゃあ川村さん、ああいう死に方だもんね、ふつうだったらぜったい人には見せられないような恰好だったって。それであたしも思ったわけ、川村さんみたいに奇麗に生まれたからって、死ぬときはみんな同じなんだなあって。奇麗だからって、特別に幸せになれるわけでもないんだなあって……ほーんと、人生って、難しいもんなのよねえ」

## 6

前の日には「暇になるだろう」と姉貴に言っておきながら、ぼくのところへ暇はまわってこなかった。

朝起きたときから思っていたとおりの暗い曇り空で、桜子が善意でとっておいたと信じたい前の晩の料理を渾身《こんしん》の兄妹《きょうだい》愛で平らげたころには、もう大粒の雨が降り出していた。

しかしぼくが出かけるのを十時まで待っていた理由は、雨のせいでも桜子の料理のせいでもなく、今日が日曜日であることに対する一応の礼儀だった。

電話で聞いた誠三叔父さんの新しい家は、前橋から伊勢崎へ向かうバイパスの途中を駒形の手前から右に入っていった、新興住宅地の中にあった。その一画は道路も新しくて広くてまっすぐで、どの家も建ててからみんな二、三年という感じの、まるでモデルハウスの展示場のようだった。誠三叔父さんの家もその中の一つだったが、誠三叔父さんは建築屋か市役所に騙《だま》されたかなにかして、こんな白くて洒落た家を建ててしまったのだろう。

ぼくには信じられなかったが、出迎えてくれた誠三叔父さんのいで立ちは紫色のパジャマにピンクのガウンを着て、おまけに黒いボアのスリッパという、なんとも言葉のないスタイルだった。警官だから警察に捕まることもないだろうが、もしかしたらこれは、なにかの罪になる。

「起きたばっかしでよう、まあ、勘弁しろいや」と、暖房のきいた洋間のソファにぼくを座らせ、自分では台所へ向かいながら、誠三叔父さんが言った。「コーヒーでいいかや」

「いえ、あの……」

「山婆《やまんば》はよう、例のほれ、パッチワークの仕事で出かけちまったんさ。昼には戻ってくるから、どうしてもおめえに待ってろと言ってたぜ」

「おばさんは雨の日でも、バイクですか」

「驚くこたあねえやな。仮面ライダーだっていつもバイクだんべえ」

「まあ、そうですね」

「仮面ライダーが傘さしてるとこ、見たことあるかや」

「それは、ないけど。仮面ライダーも雨の日は休みだったんじゃないかな」

「そういやそうだいなあ。考えてみりゃ仮面ライダーも、楽な商売だいなあ」

洋間とつづいている広い台所からコーヒーをのせた盆を持ってきて、そのクッションのきいたソファに、誠三叔父さんがずぶっと座り込んだ。

「ゆっくりしてけるんだんべ。どうせなら夜までいろいや。おめえ、かあちゃんの妹で政子《まさこ》ってのがいたの、覚えてるか」

「学校の先生をやってた人？」

「そうよ。それでそいつの娘が真里子《まりこ》っていってな、今銀行へ勤めてるんさ。これがけっこういい女でなあ、料理もうめえんだ。その真里子を呼んで、なんかご馳走《ちそう》つくらせべえよ」

「そういう暇はないと思う」

「忙しいんかや」

「たぶんね。叔父さんには悪いけど、叔父さんもたぶん、忙しくなると思う」

誠三叔父さんがピンクのガウンの胸にピンクの腕を組み、ソファにしずみ込んで、厚ぼったい目蓋《まぶた》からむぐっとぼくの顔を窺《うかが》った。

「また面倒な話か？」

「また、ね」

「おめえが面倒しょって来ることに驚きゃしねえが……今度はなんだや」

「あれさ、例のこと」

「例の、なんだや」

「例の、あの事件」

「あの事件って、おめえまさか、ええ？」

「犯人がわかるような気がする。だから今日は、どう考えても忙しい。それにあの一課長の人に悪いけど、安中の署長は、だめかもしれないよ」

7

「いやだなあ、そういう顔。父さんも二日酔いのときはそういう顔をしてたけど、男ってみんな同じなのよねえ」

「姉さん、コーヒーだけでいいよ」

「わかってる。それで天ぷらが食べられれば、褒めてやるわ」

「お袋は……」

「会社」

「つぼみは？」

「今日は学校へ行った。亮ちゃん……そのつぼみっていうの、そろそろやめたほうがいいんじゃないの」

「そうなんだけどね、つい、癖でさ」

姉貴だけがいる台所の居間側の椅子に腰かけ、ぼくは二日酔いで耳鳴りがしている自分の頭をもて余しながら、深呼吸のつもりで、二度ばかり小さく欠伸《あくび》をした。朝から晴れていて、風が出ていて、そしてお袋も桜子も出かけていることはぼくにもわかっていた。できれば姉貴とも顔を合わせたくなかったが、ベッドの中で待っていても姉貴だけはなぜか、出かけてくれなかったのだ。

「亮ちゃん、本当に、今日帰っちゃうの」と、ぼくの前にコーヒーを置いて、自分でも向かいの椅子に腰かけながら、姉貴が言った。「初七日まではいるはずだったでしょう？　母さんも、もう少しいるようにって」

「考えたら年度末試験もあるしさ……姉さん、会社は？」

「市役所へ寄ってからね。昼までに出ればいいのよ……亮ちゃん、煙草もってたっけ」

ぼくはカーデガンのポケットから煙草と使い捨てのライターをとり出し、それを姉貴に渡して、耳鳴りのしている頭を、自分でこつんと叩《たた》いてやった。

「なんだか、嘘みたいよねえ」と、尖《とが》らせた口からふーっと煙を吐いて、姉貴が言った。「父さんがいなくなって、亮ちゃんがいなくなって、ぽろぽろお煎餅《せんべい》が欠けてくみたいな感じ」

「姉さんが結婚したときも、こんな感じだったさ」

「あれは……今から考えると、笑っちゃうわよねえ」

「姉さんが家に戻ってきたとき、親父、嬉しそうだったな。口では言わなかったけど、そういう感じだった」

「あたし自身、まだ父さんから卒業できていなかった。そういうことなのよ」

「真面目な話、再婚する気はあるんだろう？　もう好きな人がいるみたいだし」

「真面目な話……また子供みたいに、はずみで結婚するわけにもいかないわ」

「なんとかなるさ。ちゃんと考えれば、みんななんとかなる。つぼみに婿《むこ》さんをとらせるのも、相手が気の毒だ」

「そのことなんだけどね。ねえ、亮ちゃん……」

煙草の灰を灰皿の上ではたき、ぼくのコーヒーカップのあたりに視線を据えて、姉貴がふっと息をついた。

「本当のところ、どうなのかなあ。大学が終わったあと、前橋へ帰ってきて、家《うち》の商売を継ぐ気があるのかなあ」

「水道工事屋って、おれに似合うと思う？」

「そりゃあどう見たって、あんたは堅気《かたぎ》が似合うタイプじゃないけど、だけど長男が家と家業を継ぐっていうの、世の中の決まりみたいなもんじゃない」

「わかってるさ」と、コーヒーを多めにすすってから、ぼくが言った。「姉さんがあのとき、そのために急いで結婚したってこと」

「それはあんたの考えすぎ。結婚なんて、そんなことだけでできるもんじゃないわよ」

「それだけじゃなくても、そういうつもりはあったろう？　姉さんの気持ちはわかるけど、だけどやっぱり無理なんだよなあ、やっぱりおれ、この家の長男じゃないもの」

「亮ちゃんの居心地が悪かったことは、もちろんわかってる。あんたみたいに人みしりが激しければ……亮ちゃん、あんたがこの家に来たころのこと、覚えてる？」

「そういうことは、思い出さないことにしてる」

「そうだろうねえ。ちっとも口きかないでさ、あたしにもなつかなくて、いやな餓鬼だったよねえ。あたしのことを姉さんて呼ぶのに、五年もかかったっけ」

「だから、さ」

「だからね、亮ちゃんの気持ちだってわかるのよ。でも父さんがこうなった以上、あんたがこの家を継ぐの、ものの道理だと思わない」

「はっきり言うと、姉さん。おれ、東京へ出るまで、人生がこんなに楽だなんて、思ってもいなかった。楽なんだよなあ。おれだって姉さんの気持ちはわかるし、姉さんに悪いとは思うけど、やっぱりおれはこの家の人間じゃない。だから親父が死んだからって、やっぱり急にこの家の人間にはなれないさ」

「あんたが頑固なのは知ってるけど。本当に亮ちゃん、子供のときから、意固地《いこじ》なんだよねぇ」

煙草を灰皿にまっすぐ立ててつぶし、自分の湯呑《ゆのみ》に手をのばして、注いであった茶を姉貴が苦そうにすすり上げた。

「母さんや桜子にはまだ言わないでよね。大学が終わるまでには三年もあるんだし、急いで決める必要なんて、なにもないんだから」

「お袋はわかってるさ。コーヒー、もう一杯もらえる?」

姉貴が流しの前からコーヒーのポットを持ってきて、テーブルの向こうからぼくのモーニングカップに黙って注ぎ足した。

「お袋は、姉さんが結婚して……」と、そのカップを一度口に運んでから、ぼくが言った。

「姉さんとその相手の人が会社をやってくれるのが、一番いいと思ってるさ」

「母さんは亮ちゃんをこの家から解放してやりたいだけなんだもの」

「それで、いいんじゃないのかな」

「あたしの気持ちはどうするのよ。あたしの気持ちなんて、誰もわかってくれないじゃない?」

「わかってるさ。みんなわかってるから、みんなちょっとずつ、困ってるわけさ」

またコーヒーを口に運び、それをテーブルに戻してから煙草に火をつけて、日の射し込んでいる居間のほうに、ぼくは煙を長く吐き出した。

「ふつうにやってれば、みんな納まるところへ納まる。そんな気がするな」

「意固地で頑固なわりには、亮ちゃん、へんなふうに暢気《のんき》なのよねえ」と、居間からの日射しに目を細めて、姉貴が言った。

「生きているのがいやだと思うこと、あまりないもんな。いつもけっこういいなって思ってる」

「羨《うらや》ましい性格よねえ、あたしがあんただったら、とっくに自殺してるわ」

ぼくは煙草をつぶして二杯めのコーヒーを飲み干し、椅子をずらしながら、ちらっと居間のかけ時計に目をやった。

「本当に帰るつもり?」と、椅子から腰を浮かして、姉貴が訊いた。

「昨夜《ゆうべ》から支度はしてある」

「昨日《きのう》の酔い方、ふつうじゃなかったけど、なにかあったわけ?」

「どうかな。でも暢気だから、あまり感じてないんだろうな」

テーブルの脇を居間の側に歩いてきて、額に皺を寄せながら、姉貴が言った。

「本当に帰るんなら、駅まで送っていくわよ」

「バスで行くさ」

「あたしだって市役所へ行くんだから」

「バスがいいんだ。バスで街まで出て、一箇所だけ寄って、それから東京へ帰る」

「言いだしたら聞かないのはわかってるけど」と、また額に皺を寄せて、小さく首を横にふりながら、溜息《ためいき》のように、姉貴が言った。「本当にあんたって、子供のときから頑固なのよねえ」

＊

前橋と高崎をつなぐバス路線は、バイパスを通るものと新前橋駅を経由するものとの、二系統がある。どちらも始発着はそれぞれのJR駅だが、旧道を通るぶんだけ新前橋駅経由は時間がかかる。ぼくが乗ったのは新前橋駅経由のほうで、それはもちろん高崎駅に出るためではなく、新前橋病院で途中下車するためだった。

日射しも風も強く、満車になっている新前橋病院の広い駐車場にもクルマの間を縫うように、土埃《つちぼこり》の混じった強い風が悲鳴のような音で吹き渡る。

ぼくはバッグを右肩にひっかけ、二日前に来たばかりのその自動ドアの玄関から、またゴムタイル張りの広い待合室へ入っていった。

受付けにいたのは、幸か不幸か、一昨日《おととい》のあの意地の悪そうなおばさんではなく、眼鏡をかけた丸顔の若い女の人だった。そしてその女の人もぼくが用件を言うといやな顔一つせず、青い電話でどこへやら桑原智世に連絡を入れてくれた。この病院がここまで混んでいるのは医療水準よりも、もしかしたら受付けの親切さが理由かもしれなかった。

この前とはちがって、桑原智世がロビーに現れるまでには、二十分ほどの時間が必要だった。一昨日とは曜日も時間もちがうし、桑原智世の仕事もそれなりにちがっているのだろう。それにしても白衣にナースキャップという清潔さを強調した衣裳が、桑原智世には、妙に似合う。

「待たせたわね。この時間、けっこう忙しいのよ」

「いくらでも待っていた。おれのほうは電車に乗るだけだから」

唇をすぼめ、ぼくの肩からさがったバッグに目をやってから、白衣のポケットに両手を入れて、首をかしげるように桑原智世が肩をすくめた。

「東京へ帰るの?」

「新前橋駅から電車に乗る。その前に桑原の顔を見ていこうと思った」

「光栄ね。氏家くんのことがなければ、その気になったかもしれないわ」

「氏家とは?」

「氏家くんもわかってくれた。来年は群大を受けるって。それで青猫もやめることになって、昨日は氏家くんと一緒に、彼の叔母さんのところへ行ってきたわ」

「みんな、やめるんだな」

「みんな?」

「阿部清美も青猫をやめると言ってた」

軽く顎を引き、上目づかいにぼくの顔を見つめてから、大きく目を見開いて、桑原智世が言った。

「そんなことより、竹内くんのこと、聞いた?」

「新聞に出ていた。大渡橋の上から飛び下りたと」

「そうなの。それはいいんだけど、問題は竹内くんの遺書なの。その遺書に麗子を殺したことが告白してあったらしいわ。警察の人が青猫に来て、そう言ってたと……外部には秘密らしいけど、斎木くんが思っていたこと、当たっちゃったわね」

「おれは竹内が犯人だと思っていたわけでは、ない」

「でも、そういう口ぶりだったでしょう」

「おれは君に、竹内のことをどう思うかと訊いただけさ。おれには君の口ぶりのほうが、竹内が怪しいと言ってるように聞こえた」

「そう？　だけど、もうどっちでもいいじゃない。けっきょくわたしたちの思っていたとおりだったんだから」

「おれにはやっぱり、意外だった」

「わたしは一昨日、斎木くんに会ったあと考えて、やっぱり竹内くんが怪しいと思っていたわ」

「おれが意外だったのは、犯人のことさ」

「だから、犯人は……」

「おれが言ってるのは川村を殺した、本当の犯人」

「だって、それ、竹内くんの遺書に、自分が川村さんを殺したと書いてあったのよ」

「遺書にはそう書いてあった。ただ遺書に書いてあったことと、実際に川村を誰が殺したのかということとは、関係がなかった。昨日やっと犯人がわかった。帰る前にそれを桑原に、教えていこうと思ってさ」

桑原智世のすぼめた口が、すぼまったままぴくっと動き、化粧をしていない素直な輪郭《りんかく》の頰《ほお》に肩までの髪が一瞬、さらっと被さった。

「電車、何時《なんじ》のに乗るの?」と、ポケットから抜き出した指の先で、軽く頰の髪を払いながら、桑原智世が訊いた。

「決めてない。来た電車に乗るだけ」

「ちょっと、いい? なんとなく、立ち話で済む話でもなさそうだから」

ぼくの視線を確かめて桑原智世が歩きだし、ぼくもバッグを担ぎなおして、桑原智世の後をゆっくりと歩きはじめた。桑原智世は廊下ですれちがう患者や看護婦たちに一々ていねいな会釈をおくり、たまに笑顔を浮かべながら、ゴム底のサンダルでぼくの前を颯爽《さっそう》と歩いていく。桑原智世のナースキャップも白衣も白いストッキングも、それにしても悲しくなるほど、よく似合っている。

桑原智世がぼくを連れていったのは三階の、方角的にはたぶん、西側のつき当たりの部屋だった。桑原智世はあたりを窺《うかが》うような顔でドアをノックし、それを開けて一度中を覗いてから、ぼくに会釈をして自分から先に部屋へ入っていった。

そこは病室といえば病室だったが、広さも十畳ほどはあり、部屋のまん中に病人用のベッドと付添い人用の簡易ベッドと、それにテレビや冷蔵庫や流し台までが設備された、ちょっとしたマンションのような感じの部屋だった。衝立《ついたて》の向こうにはトイレや風呂場まであるらしかった。

「おれが東京で借りている部屋より、高そうだな」と、ベッドに尻で寄りかかって腕を組んだ桑原智世に、ぼくが言った。

「差額ベッド代が一日三万円だもの。めったに入る人もいないわ」

「入れたからって、嬉しくはないだろうけどな」

「そっちのベッドにでも座ったら？　コーヒーは出ないけど」

「桑原が座ればいい。君は、仕事があるんだし」

ぼくはそこから二、三歩歩き、窓からの光がぼくと桑原智世の顔を公平に照らす位置に移って、壁際にバッグを下ろした。

「さっきの言い方、麗子を殺したのは竹内くんじゃないみたいに、聞こえたけど」と、ベッドには座らず、腕を組んだまま、桑原智世が言った。

「竹内ではなかった。竹内であってもおかしくなかったけど、結果的に、竹内ではなかった」

「信じられないわね。死を覚悟した人間の最後の告白が、嘘だとは思えないけど」

「嘘だったかどうかは、わからないさ。竹内自身は自分が本当に川村を殺したと、思い込んでいたかもしれない。少なくともそうでありたいとは、思っていたんだろう」

「斎木くんの言うこと、よくわからないな」

「竹内の気持ちさ。川村の事件がなかったとして、竹内が自殺までしたかどうか、それは知らない。でも川村がいなくなって、竹内の生きる目標がなくなったことだけは確かだと思う」

「そういうのって、言い方としては恰好いいけど、大袈裟《おおげさ》すぎない？」

「ふつうに考えれば大袈裟だ。だけど竹内の気持ちも、わかる気はする。桑原にだって理解はできるだろう」

「わたしが……」

「氏家とのことを考えてみれば、わかるはずじゃないか」

桑原智世が組んでいた腕を解き、ベッドのフレームに手をかけて、ぼくからは陰になる方向へ顔をそむけた。

「竹内は自分の存在証明を、やりたかったんだ」と、浮かび上がった桑原智世のうぶ毛の浮いたうなじから目をそらして、ぼくが言った。「ただ自分一人だけでは、どうにもならなかった。だから川村を、はっきり言うと川村の死を、利用することにした。川村が死んだあとなら自分が川村と関係があったと言いふらしても、誰も否定できなくなる。ありえないとは思っても、竹内が言い張るかぎり、ありえないことの証明はできないんだ。おれにもできないし、君にも警察にも、もう誰にもできない。竹内は精一杯やったんだと思う。遺書での告白は、それの仕上げだった。別れ話がもつれて川村を殺し、自分は自殺する。君や青猫の連中に、自分と川村との間に男と女の関係があったことを証明することになるし、それが竹内自身の存在証明にもなる。竹内のほうが川村を捨てるという構図をとらなかったのは、竹内にしてみれば、ぎりぎりの常識だった」

「論理的には、筋が通っているように聞こえるけど……」と、陰の部分からぼくのほうに顔を巡らして、桑原智世が言った。「でもそのこと、証明はできないでしょう。証明できなければ遺書での告白をそのまま受けとるしか、仕方ないわけよね」

「証明はできない。竹内と川村に男と女の関係があったかどうかは、たしかに証明はできない。でも竹内が川村殺しの犯人でないことは、証明できる」

うすく口を開き、ぼくのほうに目を見開いた桑原智世に一度うなずいてから、ぼくが言った。

「遺書の中で、事件の夜、竹内は最初からそのつもりで睡眠薬を用意していったと言ってる。警察も調べて、実際に竹内が病院から睡眠薬をもらっていたこともわかった。だけど昨日調べなおしたら、竹内がもらっていた睡眠薬は本当の意味での睡眠薬ではなくって、分裂病やそう病の治療薬だった。桑原なら知ってると思うけど、ブチロフェノン系薬剤とかいうやつで、幻覚や妄想にきくらしい。竹内がなんとなくいつもぼーっとしてたの、あれはその薬のせいだった。ところが川村が医者でもらった薬はベンゾジアゼピン誘導体とかいうやつで、こっちのほうは、いわゆる睡眠薬。眠くなることに関しては同じでも、成分はまるでちがう。検死で川村の遺体から出てきたのはベンゾジアゼピン誘導体のほう。つまり、わかるよな、竹内は新聞で川村が睡眠薬を飲んでいたことを知って、遺書を本当らしく見せかけるために薬のことを書いた。薬を飲ませたのが竹内でなければ殺したのも、竹内ではない……そういうことさ」

「それなら、薬は、誰が飲ませたの」

「川村が医者から睡眠薬をもらったことを知っていたやつ。それも、その薬がベンゾジアゼピン誘導体であることを知っていたやつ。そんなやつが川村の周りに、何人いたと思う？」

「べつに、だって、薬の成分なんか知らなくても、川村さんの持っていた薬をそのまま飲ませれば、いいわけでしょう？」

「そうはいかないんだ。川村の部屋で、川村のいるところで薬なんか探したら、怪しまれる。犯人はそんなに迂闊《うかつ》なやつじゃない。もちろん犯人は最初から、別な薬を用意していった。ベンゾジアゼピン誘導体の薬って、医者で使っているだけでも二十種類以上あるらしい。そのつもりで分析しないと商品名まではわからないらしい。それに一番かんじんなことは、川村も医者から薬をもらってはみたけど、けっきょくは飲まなかった、ということだ。川村はへんなところに意固地で、薬を飲むのが嫌いだったらしい。犯人もまさか川村が、医者からの薬を一度も飲まなかったとまでは考えなかった。医者では一週間分として七錠の睡眠薬を出して、袋には六錠残っていた。おれも最初はなくなった一錠が使われたと思った。だけど実際はそうではなく、検死のとき川村の遺体から出てきた薬と比べるために、警察が部屋から押収した薬を一錠使ったという。警察は川村が睡眠薬を常用していたと思い込んでいたから、薬の数には気がつかなかった。最初からそのことに気づいていれば、川村が自分では薬を飲んでいないことぐらい、すぐにわかったはずなんだ。つまり川村の遺体から出てきた薬は、犯人が別に用意していて、川村の目を盗んで飲ませたもの……そんなこと、誰ができたんだろうな」

桑原智世が溜息をつくように笑い、自分の足で自分の体重を測るような歩き方で、ゆっくりと窓際へ歩いていった。

「斎木くん、変わらないわね」と、窓の前から部屋の中に向きなおって、桑原智世が言った。「知らん顔してて、獲物にはちゃんと狙いをつけていて、そして最後に心臓を一突き……要するに、わたしがやったって、そう言いたいわけでしょう?」

「川村に薬を出した医者は、川村が看護婦の友達から睡眠薬のことを聞いてきた、と言っている。川村には桑原がすすめたんだろう。君が直接自分の病院から薬を出したら、殺人だとわかった場合にまず自分が疑われる。川村には別の病院で、川村自身に薬をもらわせる必要があった。そんな緻密《ちみつ》な計画を立てるのは、桑原しかいないもんな」

「ばかばかしい。頭がおかしいのは竹内くんじゃなくて、斎木くんのほうじゃない？　薬のこともわたしが看護婦をしていることも、みんなただの偶然じゃないの」

「偶然でゴム手袋はなくならない、そうだろう？」

「なによ、その、ゴム手袋って」

「桑原が川村の部屋で使って、そのまま持って帰ったゴムの手袋さ。ふつうの人間ならそこまでは考えない。たとえ指紋を残さないためにゴム手袋を使ったとしても、現場を元どおりにしたいなら手袋も元の場所に戻しておく。だけどその手袋は裏のついていない、薄いやつだったろう。手袋の裏の指紋にまで気がついたのは、桑原がふだんそれと似たものを使い慣れているからだ。よくテレビでやるじゃないか、手術のときに医者とか看護婦が薄いぴったりした手袋を、はめる場面」

「偶然よ。そんなの、だって、みんなただの状況じゃない？」

「ただの状況で、桑原が中学では陸上部に入っていたことも、ただの偶然かもしれない。おれも最初、川村の部屋から雨樋《あまどい》づたいに下りられるのは、男だけだと思っていた。だけど、思い出したんだよな。桑原は小学校のときから勉強だけではなくて、運動も女子では一番だった。

君ならベランダから雨樋を伝って下りるぐらい、へたな男よりは、かんたんにできた」

「だからね、それだってみんな状況でしょう。たとえその状況がみんなわたしに当てはまるとしても、わたしがどうして麗子を殺すの？　中学も高校も一緒で、わたしたちずっと、仲がよかったのよ。そんなことは斎木くんだって、知ってるじゃない」

「それがおれには、最後までわからなかった……煙草、吸っていいのかな」

「勝手にしたら？　床に捨てればいいわよ」

ぼくは上着のポケットから煙草をとり出し、火をつけて、最初の煙を天井に向けて長く吐き出した。

「いろいろ考えたけど、本当は、まだよくわからないんだ」と、逆光の中に桑原智世の顔を透かしながら、ぼくが言った。「人の気持ちなんて、他人にはわからない。こんどの場合は一応、二通りの可能性を考えてみた。一つは氏家が川村を好きになって、川村もその気になりはじめていたケース。竹内もそんなことを君に吹き込んだろうし、氏家自身がそれらしいことを仄《ほの》めかすようになった。野代亜矢子や青猫の客たちなら、ただの遊びだろうと君も我慢はできた。だけど相手が川村となると、氏家にしてもただの遊びでは済まなくなる。君はどんなことがあっても氏家を放したくなかった。で、川村を殺した」

桑原智世が窓の前から戻ってきて、付添い人用の低いベッドの端に、ぼんやりと腰を下ろした。

「もう一つは逆に、氏家と川村にはなにも起こっていなかったケース」と、煙草のフィルターに小さく書かれた英語の文字を眺めながら、ぼくが言った。「氏家のほうはもちろん、川村に対しては本気だった。東京へも会いに行ったし、川村が前橋へ帰ってきてからは態度でもわかるぐらいに、様子も変わってきた。ところが川村は最初から最後まで、氏家を相手にしなかった。氏家がいくら真剣になっても、川村は氏家を無視しつづけた。君にもその状況はわかっていた。君のほうは自分の人生まで賭けているのに、その氏家を川村は相手にしないどころか、見方によってはばかにしたようにあしらったりもした。桑原には、それは我慢できなかった。君のプライドがどうしても川村を許さなかった。中学のときから仲はよかったかもしれないけれど、桑原にとって川村は一番のライバルでもあった。川村に氏家が無視されることは、君自身が川村に無視されることでもあった……桑原は、それが、許せなかった」

白衣のスカートで膝を被《おお》い、その膝を自分の両腕で抱き込んでいた桑原智世が、ぼくのほうに首をかしげて、口の端だけをかすかに笑わせた。

「いろんなこと、よく考えるのねえ。そんな妄想は竹内くんだって、いだかなかったと思うわ」

「今言ったことがぜんぶ当たりだとは、思っていないさ。もしかしたらぜんぶはずれかもしれない。人の気持ちなんて、わからないものな。だけど桑原の性格からして、どちらかといえばたぶん、後のほうが正解だと思う」

「そうだとしても、やっぱり、証拠にはならないわ。テレビでよくやるじゃない、なんていうの、物的証拠？　ああいうのがないと犯人だとわかっていても、捕まえられないのよ」

「桑原ほど冷静で頭のいいやつが、物的証拠なんて、残すはずはないんだ。おれが言ってるのはだから、みんなただの妄想で、ただ……」

吸っていた煙草を床に捨て、スニーカーの底で踏みつぶしてから、その吸い殻をぼくは爪先で、ぽーんとベッドの下に蹴り飛ばした。

「ただ川村が死んだときの様子を君が野代亜矢子に喋《しゃべ》ったのは、ちょっとだけ、迂闊だった」

桑原智世の顎が抓《つね》られたように動き、ぼくの呼吸の音を聞き分けようとでもする感じの視線が、じっとぼくの顔に注がれた。

「昨日、事件関係の新聞をぜんぶ読みなおしてみた、地方紙も、中央紙の地方版も。だけど川村の頭に傷があったことなんて、どこにも出ていなかった。新聞によっては裸だったことが書いてあったけど、頭の傷のことは、どれにも書いてなかった。死因に関係がなかったからか、警察がわざと伏せたからか、それは知らない。でもどの新聞にも書いてなかったことは確かだ。川村の妹にも訊いてみた。八日の朝、君と野代亜矢子に連絡はしたけど、具体的な死に方までは話さなかったという。それなのに野代亜矢子は、川村の頭の傷のことまで知っていた。川村の妹から連絡を受けたあと、君と野代亜矢子はすぐに電話で相談したんだ。知らせるべき友達とか、通夜や葬式の日程とか。その話のついでに君は野代亜矢子に、喋っている、川村がどんな恰好だったとか、頭に打ち傷があったとか。犯人と警察と家族しか知らないことを、桑原は知ってたんだよな。桑原は警察の人間でもないし、川村の家族でもない……桑原としてはただ殺しただけでは、気が済まなかった。川村に奇麗なイメージだけで死んでいかれることは、我慢できなかった。自分のプライドを傷つけた川村麗子を、もっと辱《はずかし》めたかった。それはわかるんだ。わかるけど、本当いうと、やっぱりよくわからない。君みたいに冷静なやつがなぜそれを口に出すような、単純なミスをしたのか……頭の傷のことは新聞にも出ているだろうと、君は最初から思い込んでしまった。それとも危険は承知していても、喋らずにはいられなかったのか、今でもわからないし、たとえわかっても、たいした意味はない。おれとしては君がそこまで川村を憎んだことが、ちょっと、悲しいだけだ」

「状況証拠、みんな、状況証拠と、斎木くんの空想」

「状況証拠さ。みんな状況証拠と、おれの空想だ」

寄りかかっていた壁から背中を離し、バッグをとり上げて、ぼくは妙に重くなった足で簡易ベッドのすぐ手前まで歩いていった。

「あとは警察に対して氏家が、どこまで君を庇《かば》ってくれるか、そういうことだろうな」と、一昨日喫茶店でぼくの手に放られた折り鶴を、ま上から桑原智世の膝に落として、ぼくが言った。

膝に落とされた折り鶴に、驚いたように顔を上げ、光の強い目で、桑原智世がじっとぼくの目を覗き込んだ。

ふっと肩の力を抜き、小さく何度か笑ってから、抑揚のない声で、桑原智世が言った。

「かんじんなこと忘れてた……あいつ、いざとなったら、一人で逃げちゃうような性格だった」

「氏家が頑張ってくれると、いいのにな」

「そうね、頑張ってくれると、いいんだけど」

　それからしばらく床を見つめ、一度長く息を吐いてから、一昨日自分で折った紙ナプキンの鶴をつまみ上げて、桑原智世が何度も何度も、首を横にふった。

「あいつがだめなこと、本当はわかってるの。本当はお医者にだってなれないかもしれない。わかってるんだけど、わかってたんだけど、どうにもならなかった。わたし、今まで、なにをしてきたんだろう」

　また小さく首をふり、またぼくの顔を見上げて、口を結んだまま、桑原智世がくすっと笑った。

「斎木くん、今度のことも、わたしに対する誠意？」

「たぶん、な」

「わたし、子供のときから、斎木くんのことが怖かった。理由はわからないけど、あなたがそばにいると、いつもなんとなく不安になった。今度も斎木くんが青猫へ来たと聞いたとき、いやな予感がした。当たらなくてもよかったのにねえ、あんな予感」

「予感はおれもしていた」と、桑原智世の視線を受けとめたまま、後ろ向きにドアの前まで歩いて、ぼくが言った。「川村が殺された部屋を見て、犯人がものすごく頭のいいやつで、ものすごく冷静で、ものすごく計画的だったことがわかったときから、いやな予感がしていた。竹内が妙なことをするからそっちに気をとられたけど、おれ自身、たぶん、自分の予感から気を逸《そ》らそうとしていた」

「斎木くん……」と、ノブに手をかけたぼくに、自分の掌《て》の中の鶴に視線をやりながら、桑原智世が言った。「この前のこと、覚えてる?」

「この前の、なに?」

「この前喫茶店で、早くお爺さんとお婆さんになって、お茶を飲みながら昔話ができるようになればいいなって言ったこと……まだ、その気、ある?」

ドアを開け、躰《からだ》を外に出して、そのドアを閉める前に、一度だけぼくは部屋をふり返った。桑原智世はベッドに座ったまま掌の中の鶴に見入っているだけで、顔を上げる気配も、立ち上がる気配もみせなかった。

ぼくが桑原智世の最後の質問に答えていなかったことに気がついたのは、病院の長い廊下をしばらく歩いた、そのあとだった。

*

両毛線《りょうもうせん》の高崎行きは十分で来る。それからまた十分で、上越線《じょうえつせん》の急行が来る。

ぼくは風の強い新前橋駅のホームに出て、たっぷり日の当たっているベンチに腰かけ、風と光に顔を曝《さら》しながら少し紫色がかっている遠くの空を、ぼんやり眺めていた。冬の晴れた日はいつでも赤城や榛名《はるな》はよく見えるが、昨日の雨のせいか今日は白く雪を被《かぶ》った谷川《たにがわ》の山々までが、くっきりと空につき出ている。赤城の頂上付近には昨日降ったらしい雪のなごりも、まばらに残っている。

　ホームに電車が入ってきて目の前の風景が遮断され、短い停車時間の間に、ぱらぱらと何人かが乗り降りした。それが高崎行きの電車であることはわかっていたが、ぼくはベンチから腰を上げず、とり出した煙草に火をつけて、目の前にまた上越の山々が広がってくる瞬間をじっと待ちつづけた。高崎に出て新幹線に乗り換えても次の急行に乗っても、上野に着く時間の差はたかが知れている。

　電車が動きだし、剝《む》き出しのホームに、風と光がすぐに戻ってくる。しかし山々の風景はなぜか、いつまでもぼくの目の前に広がってこなかった。広がろうとする風景の手前に紺色の異物がやけに大きく、しっかりと立ち塞《ふさ》がっていたのだ。おまけにその異物は、手までのばしてきて、ぼくの肩をぽんぽんと叩《たた》いてきた。

「こういうのって、ぜったいよくないと思うなあ」と、口を尖らせ、ほとんど完璧な寄り目をつくりながら、唸《うな》るような声で、千里が言った。「斎木さんて、いい歳《とし》して不良の癖が治らないんですよねえ」

　慌てて煙草を踏み消し、ベンチに座りなおしてから、やっと唾《つば》を飲み込んで、ぼくが訊いた。

「どうして、わかったんだ？」

「わたしだってちゃんと考えますよ」

　ぼくのとなりにすとんと座り、セーラー服のスカートを手で揃えながら、ふふっと、千里が笑った。

「でも本当いうと、わたし、怒ってるんだからね。わたしを怒らすと怖いこと、知らないでしょう」

「いや、それは……」

「斎木さんの家へ電話したら、お姉さんが出て、斎木さんもう帰ったっていうじゃない？　わたしだってしつこく訊いちゃったわよ。そしたらバスで街に出て、どこかへ寄って、それから東京へ帰るらしいって。そこでわたし、ものすごく考えたの。怒るとわたし、いろんなこと、ものすごくちゃんと考えるの」

「学校はどうした」

「抜けてきた、決まってるじゃない」

「そういうのは不良だと思うけどな」

「平気よ。わたしは斎木さんとちがって、人望があるもの」

白い毛糸の手袋で両頰を挟み、まるでその手で自分の顔をねじ曲げるように、千里がぼくのほうに、ぐっと顔をふり向けた。

「それでね、ずっと考えたの、斎木さんが街で寄るところって、どこだろうって。昨日、斎木さん、電話してきたでしょう。そのとき野代さんと桑原さんに、麗子ちゃんが死んだときのことをどういうふうに連絡したのか、訊いたじゃない？　そのことを思い出したの。当たりだったでしょう。斎木さん、今、新前橋病院へ寄ってきたんでしょう。新前橋病院へ寄れば、電車に乗るのは新前橋駅に決まってるものね。感激した？　わたしの推理」

「今度なにかの事件が起きたら、君を怒らせて捜査に協力させるように、警察へ言っておこう」

ふんと鼻で笑って、それから大きく肩で息を吐き、手袋の隙間から出した目で、千里がにたっとウインクをした。

「本当いうとね、ただのまぐれ。本当に斎木さんに会えるなんて、思っていなかった。電車の中から斎木さんが見えたときには、わたし、ぜったい自分に超能力があるんだと思った」

「やっぱり警察へ、紹介しておく」

笑いかけて、途中でやめ、ぼくの顔から視線を外し、自分の呼吸の音に聞き入るような顔で、千里がじっと黙り込んだ。

「君に、連絡しなかった理由は……」

「わかってる。本当はわかってないのかもしれないけど、なんとなく、わかるような気がする」

それからまたしばらく黙り込み、ローファーの先を軽くゆすって、下を向いたまま、ぼそっと千里が言った。

「麗子ちゃんには悪いけど、わたし、なんとなく、もういいなって思う。もういいんじゃないかなって、なんとなくそんなふうに思って……そういうふうに思うのって、やっぱり、いけないことなのかなあ」

ぼくは抜き出した煙草を口にくわえ、けっきょくは火をつけずにそれを足下に捨て、そして自分の首から外したマフラーを千里の華奢《きゃしゃ》な首に、ぐるぐると巻きつけた。

「わたしね、ずっと、わかってた……」と、足をぶらぶらさせながら、マフラーにうずまった口で、千里が言った。「わたしに会うと、斎木さんが麗子ちゃんのことを思い出しちゃうこと。だけど、そういうのって、わたし、どうにもできないもの。わたしは、麗子ちゃんのことが好きだったけど、なんとなく今は、麗子ちゃんがにくらしい……そういうふうに思うの、やっぱり、いけないのかなあ」

利根川の方向から列車の響きが聞こえ、それが轟音《ごうおん》と突風を巻き起こしながら、目の前のホームに滑り込む。

「電話をするつもりだった」

「え?」

「東京から君に、電話をするつもりだった」

千里がもぞもぞと肩を押しつけ、左の耳を顔ごとぼくの顎の下に、ぺたんとつきつけた。

「なんて言ったのよ」

「だからさ、時間をかけて、覚悟を決めて、それから君に、電話をするつもりだった」

上野行きの急行列車が止まりきり、突風と轟音が、嘘のようにすーっと退《ひ》いていく。

「覚悟ぐらい、すぐ決めてよね」と、立ち上がったぼくに、自分も立ち上がって、千里が言った。「わたしにはすぐ覚悟をしろって、いじめたくせに」

「おれ、見かけより気が弱いんだ。大事なことを決めるまでには、へんに時間がかかる」

「そんな時間は、ないの。不良のくせに男らしくないわよ」

「不良だから君に交番へつき出されるのが、怖かった」

千里がマフラーの下からぴょんと首をのばし、頬をふくらませて、ぼくの胸を拳骨《げんこつ》で、こつんと叩いた。

「交番のこと、誰に聞いたのよ」

「前橋のやつなら誰でも知ってる」

「あんなの、たったの三回だけなんだから。それもしつこくしてきたやつだけなんだから」

「四人めにならなくて、運がよかった」

ベルが鳴り、バッグを担いで、開いているドアから、ぼくは急いで電車に滑り込んだ。

「マフラー……」と、ホームから電車の中に顔をつっ込んで、上目づかいに、千里が言った。

「君がしてるといい、このつぎに会うまで。このつぎもし、会ってもらえれば」

「わたし、麗子ちゃんに、似ていないよね」

「似ていたら失礼だろう」

「どういう意味よ」

「似ていなくてよかったと、そういう意味さ。おれは彼女も怖かったけど、今の君ほどは、怖くなかった」

ドアが閉まりはじめ、千里が躰を引き、その瞬間なにか風のようなものが巻き起こって、千里が飛ばした春の匂いが、ぴゅーっとぼくの顔に吹きつけてきた。

「斎木さんて、ほーんと、ぜったい不良だと思う」

「君がそれを言うのは、七回めだな」

ドアが閉まり、動きだした電車を二、三歩追ってきて、なにか手をばたばたやりながら、千里がホームのベンチに、ぴょんと飛びのった。それから千里はマフラーに半分以上顔をうずめたまま、目いっぱい背伸びをして、いーっとあかんべえをした。

# 創元推理文庫版あとがき

この作品は私のデビュー第二作。もうずいぶん昔のことになりましたが、あのときの苦境を思い出すと、今でも寒気がします。なにしろ作家を志してからデビューするまでに二十年もかかった鈍才ですから、もうデビュー作だけで、目一杯。エネルギーのすべてを使い果たした感じで、次を書かなくては、書かなくては、と気ばかりあせるものの、アイデアどころか、鼻水も出てきません。もっともほとんどの作家にとってデビュー第二作、というのは難関のようで、五木寛之さんでさえ二作目を刊行するまでに、三年もかかったとか。

特に私の場合、デビューするまでの五年間を秩父山中の廃村に独居していましたから、その環境の変化たるや、まあ、言語道断。山奥に一人で住んでいるヘンな人、から突然センセイに昇格し、きれいなお姉さんのいる店で酒まで飲めるようになったんですから、そりゃあ人生、パニクりますよね。

嬉しいやら緊張するやら混乱するやら、そんななかで一年半ほどかけて書き上げたのが、この作品。物語の舞台に前橋を選んだのは、そこが私の出身地であり、ほかに熟知した土地がなかったから、というだけの理由です。前橋なんてね、冬はからっ風ばかり強くて、歴史も文化も何もないし、家庭環境のほうも愚劣の一言。もちろん愛着なんかなく、その昔家を離れて東京へ出られたときは、本心、全身全霊、ほっとしたものです。ですから読者の皆さん、本書を読んで「ちょっと前橋へ行ってみようか」などという気は、ゆめゆめ起こされませんように。

さて、話をまた本書に戻すと、混乱と緊張のなかで書き上げて編集者にわたし、こまかい指摘を受けながら加筆修正もし、やっと刊行になったと思ったら、なんとその出版部数が、デビュー作の十分の一ほど。当然印税もそれなりで、おいおい、それじゃいったい俺は、どうやって食っていけばいいのかと。これは後になって知ったことですが、ナントカ賞受賞作、というのはお祭り出版で、第二作というのは誰でもどこでも、部数は激減するんだとか。なるほどね。デビューした作家に担当編集者がまず言うことは、「とにかく今のお仕事をやめないでください」というもので、デビュー作が少しぐらい売れたからって、それで生活なんか成り立ちませんよ、という意味なんですね。私のデビュー時にはその助言もされませんでしたが、それは私がもともと、無職だったからです。

そうやって単行本が出て、その三年後には文藝春秋での文庫化。ここでまた一つトラブルがあって、文庫化の際、担当者との意思不疎通から、一切の加筆修正ができませんでした。つまり文春版では単行本をそのまま文庫にしてしまったわけで、不本意なまま、時間だけがすぎていました。

今回、再文庫化にあたっては思う存分に手直しをしましたので、読者の皆さんには本書が、実質的な初の文庫化、とご理解ください。

# 解説

法月綸太郎

野暮なのは承知で、最初に少しだけ、個人的な思い出話を。

第六回サントリーミステリー大賞読者賞を受賞した樋口有介氏のデビュー作『ぼくと、ぼくらの夏』が出版されたのは、今から二昔も前、一九八八年の七月でした。その年の夏（昭和時代の最後の夏です）のことを、私は今でも鮮明に記憶しています。

当時、私は大学を出たばかりの社会人一年生でしたが、秋に『密閉教室』という小説でデビューすることになっていました。これは地方高校の男子生徒が同級生の自殺事件の真相を究明する学園本格ミステリで、片思いのクラスメートの女子にさんざん振り回されるというのがミソです。ですから、『ぼくと、ぼくらの夏』の新刊広告を見て、府中の高校の男子生徒（刑事の息子）がクラスメートの女子（ヤクザの跡取り娘）とともに、同級生の自殺事件を調査する青春ミステリだと知った時は、「しまった、先を越された」と思いました。すぐに書店に駆けつけて、本を手に入れたのはそのせいです。

最初は「敵情視察」のつもりだったわけですが、読んでいるうちにそんなことはどうでもよくなりました。軽妙な文体とキャラクターの魅力に圧倒され、すっかり樋口氏のファンになっていたからです。こういうミステリが読みたかったんだ、という興奮と愉悦《ゆえつ》に浸りながら、自分には逆立ちしたってこんな文章は書けない、ということを頁を繰るたびに思い知らされて、胸が痛くなったものです。同じ青春ミステリでも、『密閉教室』とは小説の狙いがまったく異なることが唯一の救いでしたが、泥だらけのスッポンが月を仰ぎ見るような気持ちで、本を読み終えたことをよく覚えています。

それから三か月後に、私の小説も活字になりました。樋口氏と同年デビューであるということは、今でも私のひそかな自慢の種になっています。

——しかし、デビュー前の私が羨望の目で仰ぎ見た『ぼくと、ぼくらの夏』という月は、まだ満ち始めたばかりの上弦の月だったように思います。しばしば指摘されることですが、『ぼくと、ぼくらの夏』という作品には、ミステリの新人賞に応募することを意識するあまり、事件の設定が俗に流れすぎて、ソフィスティケートされた小説のトーンとちぐはぐになっているところがあるからです。樋口氏が本領を発揮したのは、デビューの翌々年、満を持して発表された第二作『風少女』からでしょう。

冷たい赤城下ろしの吹きすさぶ季節を描いた『風少女』は、さまざまな意味でデビュー作と対になるような、軽妙でほろ苦い青春ミステリの逸品です。『ぼくと、ぼくらの夏』の府中から、作者の生まれ故郷である前橋に舞台を移したローカルな作品ですが、青春小説としての奥行きと密度は、前作とくらべて格段にグレードアップしています。数ある樋口作品の中でも、屈指の完成度を誇る名作だと思いますし、この作者と付き合いが長ければ長いほど、本書に特別な愛着を感じる読者が多いのではないでしょうか。

たとえば、昨年秋に文庫化された『枯葉色グッドバイ』（文春文庫）の解説の中で、池上冬樹氏は「いささか個人的になるが、デビュー作もいいが、樋口有介といったら、僕の場合、直木賞にノミネートされた第二作『風少女』（一九九〇年）をあげたい」とコメントしています。作品への思い入れがしっかり伝わってくる文章なので、ズルをしてもう少し抜き書きしてみましょう。「前橋という地方色が実に魅力的に掬いとられていて、読者はあたかもそこで生活しているような感覚すら覚える。土地の言葉や気候といったものが難なくとりこまれ、それが主人公たちの生活感をまざまざと伝えるのに役立っているからだ」「謎解きの小説ではなく、謎含みの青春そのものをしかと五感で感得させてくれる。そのような溌剌とした小説が、いったいどのくらいあるというのか」

池上氏の絶賛評に私もまったく同感なのですが、さらに付け加えておきたいのは、本書が初期の代表作というだけにとどまらず、柚木草平シリーズをはじめとする樋口ミステリの「原点」と呼ぶにふさわしい作品だということ。というのも『風少女』は、樋口氏ならではの作風を土台からしっかりと固めた「鋳型《いがた》」的作品であると同時に、その後もくり返し回帰する「ふるさと」のようなポジションを占めているからです。

『風少女』の語り手は、東京でひとり暮らしをしている二十一歳の大学生・斎木亮。父親の危篤の知らせを聞いて、前橋の実家に帰省した亮は、中学時代の同級生だった川村麗子の妹・千里とばったり出会い、思いがけない事実を告げられます。麗子は中学時代から「常識では考えられないぐらい奇麗」な子で、亮は彼女にラブレターを出し、こっぴどく振られた思い出を今でも引きずっているのですが、その麗子が一週間あまり前、アパートの風呂場でクスリを飲んで溺死したという。姉の死に不審を抱いた千里に真相解明を頼まれ、亮は故郷の街でくすぶっているかつての級友たちへの聞き込みを始めます。

　生前の麗子は、人並はずれた美貌の陰に家庭の問題を抱えており、どこか冷たい印象のある女性として描かれていますが、主人公の亮の家庭環境もかなり複雑です。彼が四つの時、母親は最初の夫を亡くして、水道工事業を営む二番目の夫と再婚。再婚相手にも連れ娘《こ》の悦子がいて、亮にとっては血のつながらない姉に当たり、その後に生まれた妹の桜子（あだ名はつぼみ）だけが、家族の全員と血のつながりを持つというややこしい関係になっています。亮が帰省した時点ですでに義父は息を引き取った後、結婚して家を出た姉の悦子も、今は離婚して実家に戻り、家業を手伝っているという設定なので、要するに亮の身内は女ばかりということになるわけです。

『ぼくと、ぼくらの夏』の主人公が、女房に逃げられた男やもめの父親と二人暮らしをしていたのにくらべると、本書では父親の存在感が希薄です。その穴を埋めるように、群馬県警に勤めている最初の父方の叔父がいろいろ力を貸してくれますが、斎木亮というキャラクターの最大の特徴は、やはり「女の中の男」という点に尽きるでしょう。

生活力があって口うるさい母親、血のつながりはないけれど一番頼りになる姉、保護者みたいに接している可愛い妹――柚木草平シリーズの愛読者なら、柚木を取り巻くレギュラー女性陣（別れた妻の知子、警視庁キャリアで愛人の冴子、目に入れても痛くないひとり娘の加奈子）が、本書の身内女性の配置をスライドしたものであることに気づくはずです。「女の中の男」である樋口ミステリの主人公は、「父親」あるいは「男の責任」という重石がはずれたところで、水を得た魚のように動き始める。後年の非シリーズ作品の多くでも、こうした「女の中の男」型の人物配置が少しずつ形を変えて現れている点に注目すれば、『風少女』における主人公キャラクターの背景が、樋口氏の作風の確立に大きな役割を果たしていることが明らかになると思います。

ちなみに二番目の父親を亡くした亮は、家業を継ぐか継がないかという選択をいずれ迫られるわけですが、その選択の如何は、地方を舞台にした成長小説としての本書の隠れた主題にも関わってくるものです。亮の出した結論がどういうものであるかは、読者が自分の目で確かめてください。

だいぶ話がそれてしまったようなので、急いで本筋に戻しましょう。同級生の変死（事故）の謎を追うという本書の中心プロットは、『ぼくと、ぼくらの夏』を引き継ぐものです。しかし、前作の語り手が現役の高校生だったのに対して、『風少女』の語り手は二十一歳の大学生。しかも高校受験と大学受験に一度ずつ失敗して、「ふつうの人より、二年も遅れてる」亮と、容疑者となる中学時代の同級生たちの関係には六年間のブランクがあります。この空白期間の存在は、主人公の年齢差以上に大きなもので、本書を樋口ミステリの「原点」に位置づける最大のポイントでもあります。

こうしたタイムラグの導入が、『風少女』という作品の青春ミステリとしての奥行きをぐっと深くしていることはいうまでもないでしょう。十代後半という「疾風怒濤《しっぷうどとう》」の季節を過去と現在の二つの視点から切り取ることによって、亮を含めた同級生たちの通過した青春の光と影が立体的に浮かび上がってくるからです。

本書で描かれる青春群像はけっして甘く、輝かしいものではありません。時の推移をへて浮き彫りにされる同級生たちの現在は、「はたち過ぎればただの人」を地で行くように、地方都市に特有の失意と鬱屈にまみれています。さらに、表面的には物語の外側に追いやられている東京との近くて遠い距離感が、息の詰まるような彼らの日常をいっそうの閉塞状態に追い込んでいる。そうした内向きの人間関係に対して、亮という主人公は、ある意味で健全な「外からの目」を確保しています。時間的な遅れと故郷からの離脱という二重の疎外が、彼に曇りのない視線を与えているからで、こうした「共同体に与しない目《プライベート・アイ》」の設定は、まさしくハードボイルドの基本精神を受け継ぐものです。

とりわけ本書で注目すべき点は、川村麗子と千里をはじめとする女性キャラクターだけでなく、元不良仲間の亀橋和也を筆頭に、元同級生の男の子たちの「その後」がしっかりと描かれていることでしょう。東大受験に失敗し、「青猫」というスナックを経営している氏家孝一、東京の私大に受かりながら、地元に戻って鬱々と私小説を書いている竹内常司——中学時代、不良の落ちこぼれを自任していた亮の目に優等生と映っていた二人の予期せぬ「挫折」が、ストーリーを引っぱる両輪の役目を果たしています（亀橋和也と氏家孝一、竹内常司の三者は、それぞれ地方都市におけるヤンキー／サブカル／オタクの象徴となっていますし、特に竹内常司というキャラクターには、純文学オタクだった頃の樋口氏の過去が投影されているように見えます）。ちっぽけなプライドに拘泥して、みずからの将来を閉ざしてしまう男の子と、けなげに、前向きに生きようとする女の子たちとの対比が、本書の基調になっているということです。

とはいえ、『風少女』という作品の魅力は、青春の暗い側面だけではありません。亮とかつての級友たちとの関係以外にも、また別種のタイムラグと過去の反復が存在しているからです。川村千里と亮の関係、亮の妹と千里の弟の関係がそれで、川村麗子に対する亮の失恋というトラウマを微妙にずらしながら、ユーモラスに再現するものです。

こうした兄弟姉妹どうしの恋愛のずれと反復には、いかにも地方都市らしい身近なリアリティが感じられるだけでなく、青春や初恋というものにつきまとう「喜劇的」な側面をそれとなくあぶり出す効果があります。そういえば『ぼくと、ぼくらの夏』でも、主人公とヒロインの親どうしの因縁じみたエピソードが綴られていましたが、いささか作り物めいた印象が拭えませんでした。それにくらべると、本書の人物関係ははるかに自然で、効果的に配置されている——特にヒロインの千里が同年ではなく、年下に設定されているために、樋口氏の筆さばきもいっそう伸び伸びと、生彩を増しています。『風少女』以降の作品では、ヒロインが年下の女性であるケースが圧倒的に多いのですが、川村千里というキャラクターこそ、その嚆矢《こうし》にほかならないというわけです。

　初恋の女性の死をきっかけに、かつての同級生たちの過去と現在が明らかになる——本書によって、自己のスタイルを確立したという手応えがあったのでしょう。樋口氏はその後もたびたび、『風少女』とそっくりのシチュエーションを反復使用しています。

　柚木草平シリーズの第二作『初恋よ、さよならのキスをしよう』（一九九二年）では、三十八歳の柚木が二十年ぶりに再会した高校時代の初恋の女性が殺害され、高校時代の同級生たちの中に犯人がいるという、本書の「型」をそのまま引き継いだストーリーが語られていますし、シリーズ第五作の『刺青《タトゥー》白書』（二〇〇〇年）でも、二十一歳の女子大生が六年間のブランクをへて、中学時代の同級生たちの過去と現在に直面します。あるいは、幼稚園時代の同級生（？）と一緒に元恋人の死の謎を探る『林檎の木の道』（一九九六年　創元推理文庫刊）、やはり元恋人の焼死事件を探るうちに、彼女の妹と恋仲になる『魔女』（二〇〇一年）といった非シリーズ作品でも、本書のモチーフが部分的に変奏されているようです。子持ちの元大学助教授が五年前に別れた妻の死を調査する『風の日にララバイ』（一九九〇年）なども、仲間に入れていいかもしれません。

愛読者にとっては言わずもがなの、わかりきったことばかり書きつらねてきましたが、『風少女』という作品がその後の樋口ミステリの「原点」であり、くり返し回帰する「ふるさと」であると最初に述べたのは、こうした理由からです。樋口氏の作品は、その後もますます洗練の度合いを増し、謎解きのバリエーションも広がっていくのですが、「原点」に位置する本書には、後続の作品には見られない、たった一度きりのみずみずしさと勢いがあります。まるで『風少女』という作品そのものに、樋口有介という新人作家（当時）にとっての「青春」が刻みつけられているとでもいうように。

二十年近く前の小説なのに、ちっとも古びていないのはそのせいでしょう。樋口作品のファンなら、絶対に見逃すことのできない、かけがえのない作品だと思います。

本書は、一九九〇年に文藝春秋より単行本で
刊行され、九三年に文春文庫に収録された。

**著者紹介**　1950年群馬県生まれ。國學院大學文学部中退後，劇団員，業界紙記者などの職業を経て，1988年『ぼくと、ぼくらの夏』でサントリーミステリー大賞読者賞を受賞しデビュー。1990年本書『風少女』で第103回直木賞候補となる。他の著作は『林檎の木の道』『彼女はたぶん魔法を使う』『船宿たき川捕物暦』『月への梯子』『ピース』など。

検印
廃止

風少女

2007年3月23日　初版
2007年5月25日　3版

著者　樋《ひ》口《ぐち》有《ゆう》介《すけ》

発行所　(株)東京創元社
代表者　長谷川晋一

162-0814/東京都新宿区新小川町1-5
電話　03・3268・8231-営業部
03・3268・8204-編集部
URL　http://www.tsogen.co.jp
振替　00160—9—1565
暁印刷・本間製本

乱丁・落丁本は，ご面倒ですが小社までご送付ください。送料小社負担にてお取替えいたします。



ISBN978-4-488-45905-5　C0193